文春文庫

向田邦子の青春

写真とエッセイで綴る姉の素顔

向田和子 編著

文藝春秋

目次　向田邦子の青春

生き方　81

おしゃれ　105

装丁・本文デザイン　大久保明子

向田邦子の青春

写真とエッセイで綴る姉の素顔

写真①／次ページ右②、左③

⑤／④／次ページ右⑥、左⑦

⑨／⑧

上⑩、下⑪

上⑫、下⑬

⑭

写真①　極上のツイード地で仕立てられた、クリーム色の銀座・ルネのスーツ。インナーは薄手の白いセーター。20代後半。
②　20代半ば。インナーなしでスーツを着こなす。
③　黒のジャンセンの水着の肩紐をわざとはずしている。細いストラップのサンダルに細幅な腕時計を合わせた。
④　フード付の黒いコート。まるでローレン・バコールのようだ。
⑤　グレーのシンプルな質のいいコート。仕立て屋・清水さんの店で作った。おしゃれなコートの定番のスタイルだ。帽子は本人の手製。
⑥　①のスーツのインナーをシャツに変え、手製のフェルトの帽子をかぶる。
⑦　黒のニットの手製のアンサンブルに同じく黒のプリーツスカート。ヒールのないストラップの靴とボックス型の小さなバッグも今はやりのスタイルそのものだ。日比谷のオフィス街にて。
⑧　黒のコートに水玉のスカーフをさりげなく。井の頭公園にて。
⑨　上高地の旅館で。22〜23歳頃。
⑩⑪　20代前半。仕事を抜け出して撮ったものか。
⑫　手製のシャツを着て。財政文化社にいた21歳頃。／⑬　井の頭公園にて、22〜23歳頃。チェックのプリーツスカートは手製。
⑭　24歳頃。旅行先での一枚。

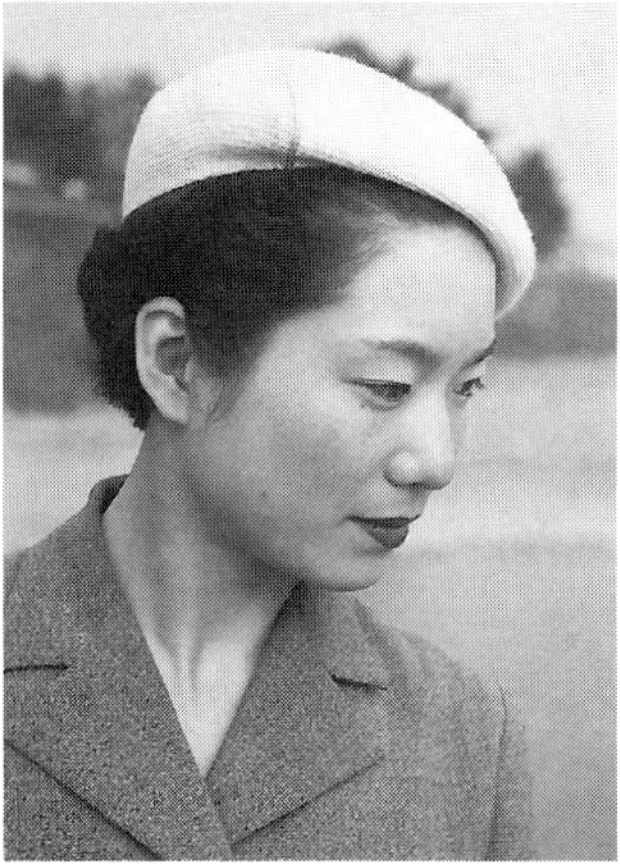

姉という人

ものまね

雷が鳴ると、うちではよく蚊帳を吊った。

私たち三姉妹は、長女・邦子、六歳下の次女・迪子、九歳下の三女である私・和子の三人でひとつの蚊帳に飛び込んだものだ。この時ばかりは、邦子より三つ年下の長男・保雄は除けものになる。蚊帳には雷が落ちないという言い伝えを信じて蚊帳の中に隠れたのだけれど、私にはなぜかその時、怖かったという記憶がない。長姉・邦子がいつも私たちに、とっておきの芸を見せてくれたからだ。

得意の〝芸〟とは、ものまねだった。それは近所の人の声色であったり、美空ひばりの歌であったり。ドイツ語で歌う「野ばら」という時もあった。次から次へといろいろな芸を見せてくれて、私は子ども心に、「この人、面白い人だな」と感心していた。

雷は怖かったはずだが、そんな姉の芸当が見られるから、私は雷が好きだった。夕立とともに雷が鳴ると、「今日はお姉ちゃん、何をやってくれるかな」と、うきうきしていた。

小学校五年生の音楽の時間、「何を歌ってもいい」と先生に言われた時があって、蚊帳の中で何度も聞いて覚えた「野ばら」を歌ったことがある。もちろん、姉から聞いたドイツ語で、である。

みんなが、小学唱歌だとか、流行り歌だとか歌った中で、ひとり、ドイツ語で歌ったのだから、先生はへんな子だと思ったにちがいない。

姉の友人に聞くと、家の外では、もっと面白いことを披露していたようだった。でも私が姉に頼むと、「家族の前では、いたしません」と笑っていた。

本人は面白いことを言っているというつもりではなかったのかもしれないが、とりわけ人まねがじつにうまかった。人の特徴をとらえるのがうまいのである。声のたちだとかしゃべるクセだとかをとらえて、見事にやってみせるのだ。その上、あだ名を付けるのもうまかった。

「あの人さあ、こういうところがあるの」と、私の前でまねをやってみせる。だから、私が会ったことがない人でも、姉から聞いて知ったつもりになっている人は多かった。しばらくしてその当人に会うようなことになると、大変だった。

初対面というのに、私が下を向いてニヤニヤしているから、先方は「この子へんな子だな」なんて思っていたにちがいないが、私はそれどころではなかった。あまりに可笑しくて顔を上げられなかった。

別れた後で、「お姉ちゃん、本当に似ていたね」と私が感心して言うと、「うまいでしょ」と得意気になる。そういう時は、九歳の年齢差がぐっと縮まってしまう。

私には仕事そのものの話はしなかったが、一緒に仕事をしている人たちの話はよくしてくれた。ほんの少しデフォルメして、面白おかしく話してくれた。

昭和五十三年に私が小料理屋「ままや」を始めた時、姉の知り合いが大勢来てくれた。よくあだ名で話を聞かされていた人が来て、「あの人だってすぐわかった」と姉に言ったら、「そうでしょ。あだ名を付けるのは、ピカ一なんだから」と笑っていた。姉は四十代になっても、そういうところはずっと変わらなかった。

そのひとこと

姉がしばしばエッセイに書いている通り、父は気が短く、気難しいところがあった。だから、父の日や誕生日にはなおさら、細心の注意を払って父が気に入るようにやらなければならなかった。姉は、そのあたりを心得ていて、あらゆる用意をして、父が機嫌よくなるようにつとめていた。

ところが、しっかり者の総領娘のはずなのに姉には、父が怒るひとことをつい言ってしまう時があった。「ポロリ」というエッセイがある。

四方八方に精いっぱい目配りして、利口ぶった口を利いていながら、一瞬の気のゆるみか言ってはならないことをポロリと言ってしまうのは、私の悪い癖である。

（「ポロリ」『無名仮名人名簿』）

エッセイでは、その後に、子どもの頃父に上役の家に連れて行ってもらった時のことを書いている。


父は、そのお宅で私にひとわたり芸を、つまり挨拶やお預けをさせ、

「さすがはお躾《しつけ》のいいお嬢さん」

と賞めそやされて得意になっていたところ、私はかなり大きな声で、こう聞いたそうな。


「お父さん。どうしてこのおうちは懸軸《かけじく》がないの？」　（同）

そういうところは、大人になっても変わらなかった。

姉が一本で何色も使えるボールペンを持って帰ってきた時のことだ。

「それいい。すごい、すごい」と褒めた父に、

「お父さん、そのボールペン、使ってみますか」

と手渡し、「そうか、いいのかい」と父が素直に喜んでいるところで、

「それ、景品なのよ」

と姉。それで父は、「俺に景品をくれるとは何事ぞ」と怒り出す……。

姉が父にメガネをプレゼントした時もそうだった。

父がもらったメガネをかけて、みんなに、「いいわよ、お父さん。とっても似合っている」と言われていい気持ちでいる時、

「お父さん、写真撮っておくといいと思うよ。黒枠用に」

と姉が付け加えた。「そうか、ハッハ」と笑いとばせればいいけれど、父はそういう人ではない。そう言われたとたん、「もうメガネなんか買ってくれなくてもいい」と本気で怒ってしまうのだった。

一家揃って墓参りに行くことになった時も、仕度をしている最中に姉がポロッと口をすべらせた。

「深大寺の猫の墓参りに行ってから行こうよ」

すると父は、「なんだ、猫の墓参りに行くためにお前は行くのか。猫と人間とどっちが大切だ。お前とはもう行かない」と怒った。先に多磨墓地に行ってから、その後に猫のことを持ち出せば何も問題がないのに、姉は、思いつくとすぐ口にするたちなのだ。

そんな時、他のみんなは、「わざわざ言うことないのに、またお姉ちゃんがよけいなこと言って」と心の中で思うのだった。

本当につまらないことで、姉は父を怒らせていた。父の性格をよく知っているのに、

言ってしまう。それでいて子どもたちで、父に一番よく似ていたのは、姉だった。ものはよく知っているし、気はきくし、好奇心旺盛だし、すばしっこい……。それだからこそ、先に姉にしてやられると、父は、俺の出番がない、と怒り出す。カンに触る。だから、子どもたちの中で一番怒られるのも姉だった。父は長女の姉に期待もしていたのだろう。

父は融通がきかなかったけれど、姉はユーモアを解していた。そこは母に似ていた。

おっちょこちょい

姉は小さな頃から目立つ子だった。小学校は父の転勤で四度も代わっているが、どの学校でも同じだった。

昭和十四年、父の転勤で東京から鹿児島に引越した。小学校三年生だった姉は、東京から来たということで先生にも級友たちからも特別に思われていた。東京から鹿児島に行くまでに汽車で一日半もかかるような時代だったから、外国から来た子のような扱いだった。着ているものも、言葉も違う。何をするにでも、「あの東京から来た子は」と見られていたようだ。

しばらくして、鹿児島市出身の英霊を祀る合同葬で、姉の書いた慰問文が、学校代表として新聞に載ったことがあった。それからは先生がいない時、クラスを任せられたこともあったらしい。クラスで何かしようとする時に、姉はとても上手にまとめることができたと聞いている。

八歳の時、肺門淋巴《りんぱ》腺炎《せんえん》にかかったこともあり、身体は弱かったが、利発だった。でも同時に、おっちょこちょいという一面もあった。

「折り紙」の話をエッセイに書いている。授業で鶴を折ることになって、姉はすぐ折れてしまい、折れない子の手伝いをしてまわって歩いて、自分の席に戻ったら、机の上に乗せてあった折り鶴が床に落ちて踏んづけて、「出来ていないのは私一人であった」(「潰れた鶴」『眠る盃』)という話。それはいかにも姉らしいエピソードだ。


昭和二十五年に東京に戻り、杉並区久我山に住んだ。母方の叔父が子どもを連れて、うちに遊びに来る日は、お客様が見えるとあって、朝からそわそわして落ち着かなかった。子どもたちは外へ出て遊びながら待っているのだが、姉は途中途中、「今、叔父さんは駅に降り立ちました」とか、「今また吉祥寺に戻りました」とか、架空の実況中継を挟むのだった。姉はそういうのもうまかった。

そろそろ叔父が来るという時間が近づき、私たちは門の外に出て待った。そして、遠くに叔父と同じぐらいの背格好の子ども連れの人を見かけたとたん、姉は「栄一おじさん、いらっしゃーい」と、ひとりで手を上げて飛び出して行った。でも私たち弟妹は姉を見ていて、内心半信半疑だった。姉はいつもよく確かめないで、走り出すからだ。

そして案の定、姉は走っていくうちに途中で自分でも人違いだとわかったらしい。笑いながら戻ってきた。見ている私たちは、「やだー、お姉ちゃん。またやっているよ」と笑い転げた。

考える前に体が動いてしまうからやることは早いけれど、おっちょこちょい。姉のそんな場面はしばしばあった。

麻雀

父はいろいろなものに凝った。麻雀、花札、トランプにも凝った。その凝っている最中には、毎日子どもたちが相手をさせられた。私も小学校の時に、一通りやらされた。ほとんど父が勝つのだが、それでも相手をしないと機嫌が悪かった。

エッセイにもその様子を書いている。


夕食が終って、子供はそれぞれの勉強部屋へ引き上げる。ものの十分もたたないうちに、障子の向うから、母の低い声がする。

「済まないけど、お父さんが麻雀したいらしいから、相手をして上げて頂戴よ」

食事の途中から、予想はしていたが、子供にも都合がある。

「明日は試験だから、勘弁してよ」

これが通用しない。

「授業中になにを聞いてるんだ。うちへ帰ってまで勉強しなくちゃ試験が受からないような馬鹿は学校へなんか行かなくてもいい」

私たちにジカに言いはしないが、母にそう言っているらしい。

（「丁半」『霊長類ヒト科動物図鑑』）

そして、「母の勧誘で」三人がシブシブ茶の間に下りてくると、父は、初めて気がついたという顔で、「なんだお前たち。また麻雀したいのか。しようのない奴らだな。今からこういうこと覚えると、大きくなってロクなことにならないぞ」（「丁半」）と、仕方がないといったふうに、パイを並べ出すのだった。

父は凝るとなると、毎日やらなければ気がすまなかったから、飽きるまで子どもたちのうち誰か三人が相手をさせられた。

ある時、お菓子や果物を賭けて麻雀をやったことがある。ハンディをつけることなどしないのだから、当然一番年下の私が負けて、くやしくて泣き出した。すると、普段は父に口答えなどしたことがない母が突然、「子供に賭け事をさせるなんて何ごとですか」と怒り出し、夫婦ゲンカになってしまった。それからは賭け麻雀はやらなくなった。

父がパチンコに凝っていた時、姉も一時凝っていた。パチンコは今のように自動で玉がはじきだされるのではなく、指で一個一個レバーをはじいて入れた。パチンコの玉が放物線を描いてどう入るかを研究していたと思う。

ゴルフのパターに凝っていた時もある。お金を賭けて家で勝負をしたことがあった。姉は要領がいいから、やり始めるとたちまち上手になり、父を負かした。それで父は「もうお前とはしない」と怒った。単純だった。

姉はこちゃこちゃした細かいことでは勝たなかった。大博打を打つから勝つ時は、ドカーンと勝つ。お金を賭けると、俄然強くなった。ギャンブラーの素質があったのだろうか。

仙台にいた頃父が釣りに凝り、広瀬川などに私たちは連れて行かれた。姉は釣りは好きではなかったようだ。短気なところがあるから、じっと待っていることが苦痛だったのかもしれない。その場限りのことで長く待つことは苦手だった。

ただもっと大きなこと、もっと長期的なことでは辛抱強かった。私の仕事のこと、「ままや」のことなど過度な期待もせず、見返りも待たずじっと見守っていてくれた。

子ども時代&家族

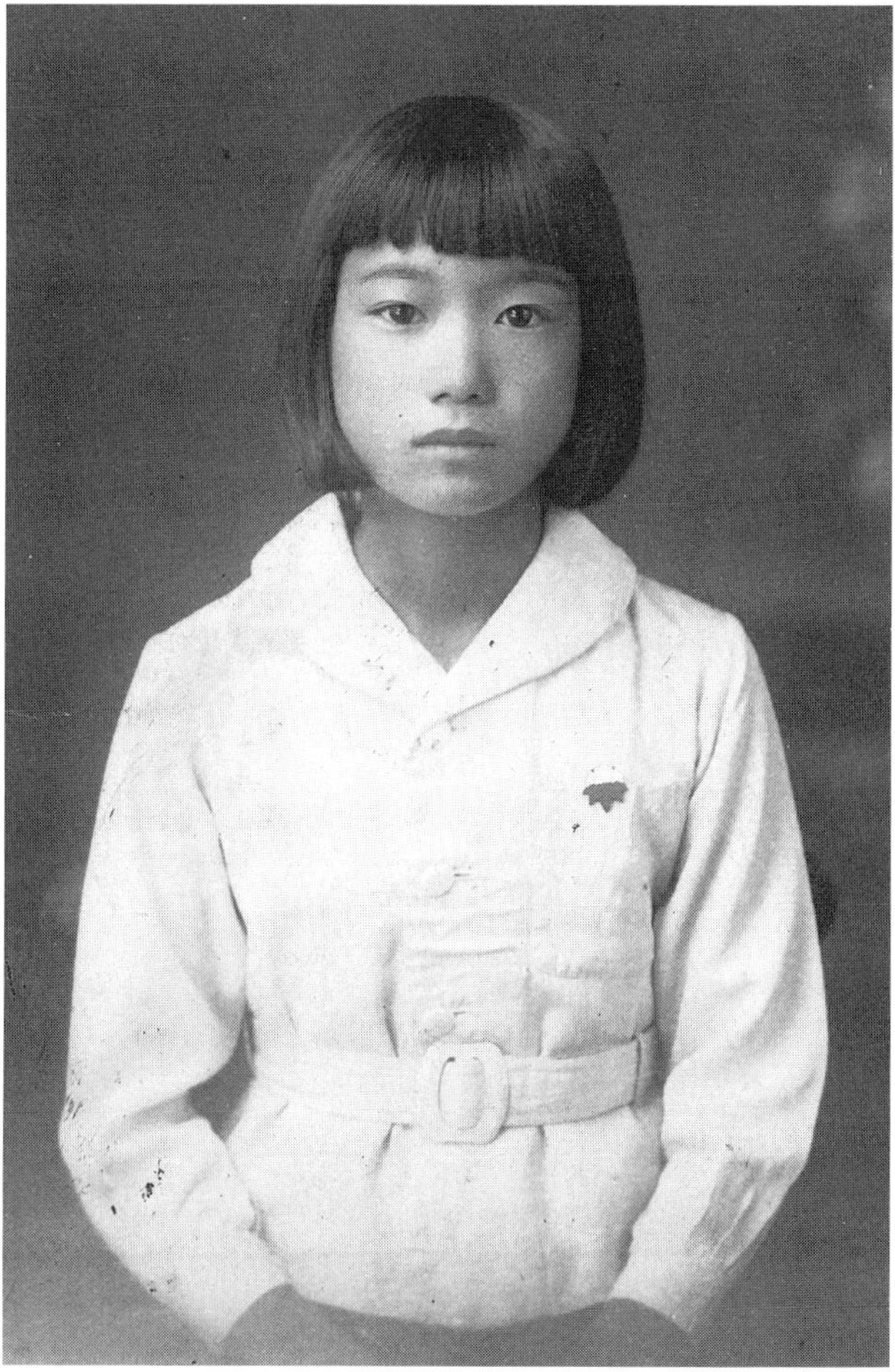

利発だったが、おっちょこちょいな一面もあった少女時代。左の写真は、社宅の石垣に友人ともたれて。右が姉。

向田家三姉妹。右から次姉・迪子、姉・邦子、私・和子

昭和25年、実践女子専門学校を卒業。20歳。国語と社会の教員免許状取得。

久我山の家で。飼猫の〝ビル〟と一緒に。右から姉、次姉、私。

杉並区本天沼の家の前で。右から父、母、私、姉。姉は30代前半。

新聞記者になりたい

春は竹の子、秋は松茸と、食べ物の旬を大事にしたように、姉はスポーツもその季節にしかできないことを楽しんでいた。春と秋はハイキングと山登り、夏は水泳、冬はスキーが定番だった。

姉は子どもの頃から運動神経が抜群で、すばしっこかった。運動はどれも得意だった。高校の頃は、「大学は体育学部に行って、体育の先生になりたい」が口ぐせだった。大学に進学する人が少ない時代だったから、「体育の先生になりたい」では到底親が許してくれないだろうことはわかっていた。それで姉は「私、国語科に行って、国語の先生になります」と言って親を説得して進学した。もっとも、体育の先生の話は、本人がそう言っていたものの、何でも面白く話す姉特有の、一種のジョークだったのかもしれない。

姉は、女だって大学へ行くのは当然だと思っていた。もちろん昔気質《かたぎ》の父の前ではそんなことは口に出せない。だから、「国語の先生」と言った。

そして姉は実践女子専門学校（現在の実践女子大学）国語科に進んだ。しかし在学中、「大学に行ってもっと勉強をして、新聞記者になりたいの」と私に言っていた時期がある。卒業したら早稲田大学に行きたいと密かに考えていたようだ。

姉は母に言い出す頃合いを見計らっていた。ある日、母と私だけが家にいる日があった。姉が意を決して母に向かって、「お母さん、私、また大学に行き直したいの」と切り出した。母はえっと驚いた表情をしたが、すぐこうきっぱり言ったのだった。

「下にまだ三人いるじゃないの。あなただけ進学して、妹たちに駄目だとは言えないでしょ。それに、男じゃないのにまた大学なんて、とんでもない。それだけはやめておくれ」

それは言われなくても心得ていた。姉は、これ以上親に迷惑はかけられないと考えて、親から援助してもらわずに大学へ行くだけのお金をアルバイトで貯めていた。だから実践に通っていた時分は、日々アルバイトにあけくれていた。

姉が忙しい間をぬって私たちに洋服を作ってくれたのは、長女としての責任があったことも大きいと思っている。家のことも親に言われる前に率先してやっていた。姉は自分のやりたいことがあったから、やることをやった上で、自分の希望を言い出そうとしていたのだと思う。でも残念ながら姉の進学の夢は、かなわなかった。

私と姉は、ある意味で親よりも接点が多かった。小言を親に言われるのは当たり前だけど、姉に言われると一味違って聞こえた。だからそのひとことが私の心にズシンと効くのだが、姉に怒られて、時々、「何もお姉ちゃんに言われる筋合いはない」と思ったこともあった。

今でもよく覚えているのは、私が小学校六年生で、スカート丈を上げてほしいと母に頼んだ時のこと。母は忙しかったのか自分ではせず、姉が帰ってくるのを待って、「これ、和子ちゃんが明日学校にはいていきたいので、上げをしてあげて」と頼んだ。

姉は遅く帰ってきて疲れているのと、虫の居所が悪かったのか、

「六年生にもなって、自分のスカートの上げもできないの」

と、母に当たった。隣の部屋でその経緯を聞いた私は、姉が「私が六年生の時は自分でやらせたのに、和子は末っ子だから甘やかして」というふうに聞こえた。「私はお母さんに頼んだのであって、お姉ちゃんに頼んだのではない」と、ムッとした。姉は母に頼まれて嫌と言ったことはほとんどないが、その時はずいぶん疲れていたのだと思う。

私は、障子をガラッとあけて、姉のところへ行き、「自分でやるからいいわよ」とスカ

ートをむしり取った。

しばらくして冷静になってみると、「ああ、ひとに頼むということは、できないことを頼むのならいいけれど、自分でできる時は頼んではいけないのだ」と反省した。それから後は、自分のことをひとに頼んだことはない。洗濯も自分でやるようになった。だからたぶん、姉は私のことを、強情っぱりだと思っていただろう。

今の時代は何でも親にやってもらうのが当たり前のような風潮になっている。けれど、姉が小さかった頃は、長女は小さくても自分のことは自分でやるのが当たり前だった。家のことは言われる前によくやっていた。逆に姉は、命令されたり、頼まれてやるのが嫌いだった。

姉のお見合い

二十代にお見合いをしたことがある。

知人の家でそれとなく、という段取りであったが、あいにく暴風雨とぶつかってしまった。一足遅れて玄関へ入ると、相手はつい今しがた着いたところである。体の大きな青年だったが、まだ正式に紹介されないので私に会釈をしながら、傘を逆さにして傘立てに入れている。傘は水気が集るので根もとのところから傷むのである。物持ちのいい人だなと感心しながら足許を見たら、靴には黒いビニールの靴カバーがかかっていた。

上らないで帰ろうかなと思った。私はかなりお調子者で、何回も転校転居をしているせいか順応性も強い方だと思うのだが、この手の男だけは苦手である。こういう人とは一緒になっても離縁されるか私が飛び出すかどっちかであろう。

(「カバー・ガール」『無名仮名人名簿』)

二十代の頃、姉は両親から、結婚しろ、お見合いをしろ、とさんざん言われていた。当時は、年頃の娘のいる家庭だったら、当然のことだった。お見合いの話はたくさんあった。

「長女だから、上から行ってもらわなければ困る」と母がお相手を探してきて、「この人はいい人だね。うちにはもったいないね」と姉にお見合いをさせても、「いい人かもしれないけど、私には向かないわ」と言って帰ってきたりした。

母も気を遣って、仕事があまりかけ離れているよりはと、新聞記者を勧めなどしたが、姉に「そんな人だったら、そのへんにぞろぞろいるじゃない」と言い返されて、母はショックを受けていた。母にしてみれば、人柄も良さそうだし、大学も出ているし、職業もちゃんとしていてよさそうな青年だと思っているのに、そう言われてしまっては立つ瀬がない。それで母は丁重に謝りに行った。姉のお見合いは本当に大変だった。

父の前では言わないが、母の前では、「そんなにお母さんがよければ、お母さんが嫁に行ったら」。私はいいわ」などと減らず口もたたいていた。

そのうちに姉が、「私のことを構わないでいいから」と言ったようだ。母も父もしばらくして、「この人には別の生き方があるのかもしれない」と思った様子だった。もちろん親だから、姉のことは心配していたが、いつしか結婚させることをあきらめた。

今から四十年以上も前のことだから、女性が仕事も家庭も、という時代ではなかった。姉も、両方とは考えていなかった。結婚するなら仕事を捨てて家庭に入るのが当然だと思っていた。思えば、ずいぶん古風なところもあった。

その頃は結婚せずに働き続ける女性は本当に少なかった。だから、働く女性たちは今よりも翔んでいる部分もあったように思うが、姉も小さい頃から良妻賢母になるように育てられ、姉自身もそう思っていたようだ。

まれに家庭と仕事とを両立できた人はいるが、よほどすばらしいパートナーに出合えた人だけだ。仕事を持ち、家庭も一緒に築けるという人に出合える確率は低かった。仕事をするなら家庭はあきらめざるをえなかったのだ。

「丁半」というエッセイでは結婚を「博打」にたとえているが、姉だってタイミングがうまく合えば、結婚していたと思っている。結婚していたら、確実に良妻賢母になっていただろう。

姉もお付き合いしていた人はいたと思うが、うちではそれを言うことはなかった。何十年も経って、ある人に申し込まれていたことを私に打ち明けた。

「あの人、人を介して言ってきたの。男らしくないからダメよ。自信のなさは、いただけないと思う」

渦中にいる時にはまったくおくびにも出さず、遠く忘れさった頃に、ポツリと言った。自分のことをあまり話さない、照れ屋の姉らしかった。

きっと姉にはいろいろな気持ちの揺れがあったと思う。苦しみも悲しみも抱えていた人だ。だからこそ、物書きになれたのだと思う。

いつもしぼり出すようにギリギリのところでドラマ脚本の仕事をしていたから、何もかもやめてお嫁にゆきたいと思う瞬間はあっただろう。普通のサラリーマンと結婚して、ごくごく普通に家庭を営むのも悪くないと思ったこともあったと思う。ただそう一瞬思っても、次の瞬間、「まてよ」と思ったかもしれない。それは本人にしかわからない。

姉は性格的にさっぱりしていた。男の人に対してもあまりベタベタしたところはなかったのではないかと思う。ただ、私は妹として見ていたので、男性から見ると、違った見方があったのかもしれない。私たち家族の知らない深いものがあったかもしれない。今となっては謎のままだ。

着こなし

上は手製の白いピケのワンピース。黒の上等なベルト、しゃれたサンダルで着こなしている。足の格好が悪いのを気にしていたので、靴は慎重に選んでいた。23歳頃。左は白とグレーの縞ピンタックのワンピースに手製の白い帽子。26歳頃、井の頭公園で。

「腹掛け」と呼んでいた背中で留めるだけの白いワンピース。ストールとベルトはグリーンか青の水玉で、手製。パーティにも着ていったが目立つので一度きりだった。25歳頃。

ポーズ

映画評論家の小森和子さんにいただいたベルベットのワンピース。小森さんにはずいぶん可愛がっていただいた。

右のワンピースの上に、襟、袖と、ボタンがチェック柄の黒いボレロを重ねる。どちらも可愛らしいデザインだったが、姉は「自分らしくない」と言っていた。顔を少し横向きにして立ったポーズが多い。

帽子

20代半ばの「映画ストーリー」編集者時代、一時期帽子作りを習っていたことがある。ウールの生地やフェルト、革を使ったり、毛糸の手編みの時もあった。２週間に１個の割合で出来上がるから、大変な帽子コレクションとなった。エッセイ「なんだ・こりゃ」(『無名仮名人名簿』)には、「三度に一度は、ヴォーグにのっているようなのもつくらなくてはならなかった。(中略) 或る晩、私と相棒は出来たての帽子をかぶって中央線にのっていた。(中略) ならんで坐り、話に夢中になっていたら、頭の上から、声が降ってきた。『なんだ、こりゃ』初老の労務者だった」

髪型

20代はしばしば髪型を変えていた。21～22歳ぐらいまでは長かったが、後は、伸ばしても肩ぐらいまでで、パーマをかけたり、思い切りショートにしてみたり、といろいろ試していた。髪は黒々としていて艶があり、量も多かった。

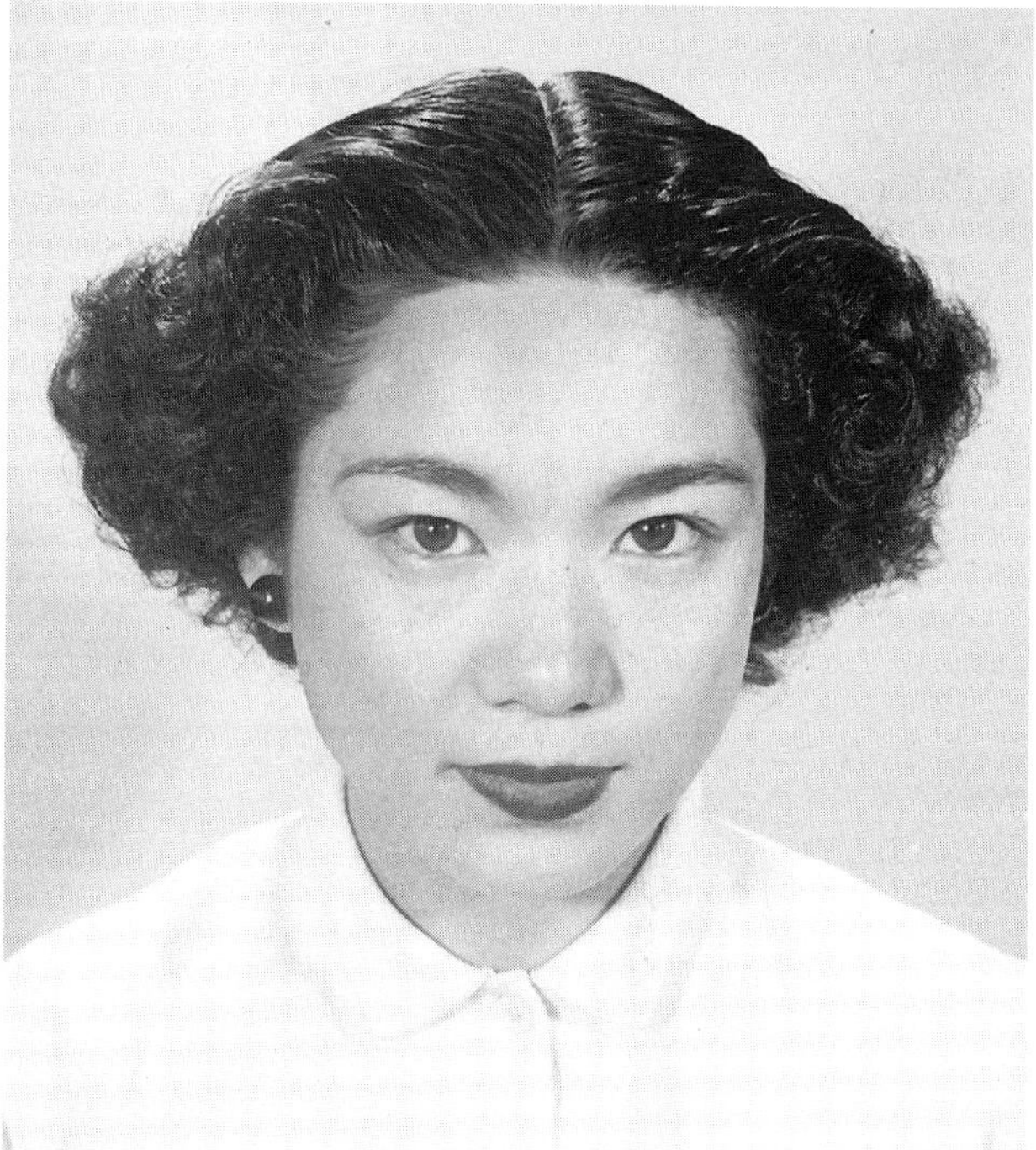

30代になると定着するミディアム・ヘア。20代でも見かけた髪型。

責任感

姉は何をするにも要領がよかった。お正月などにお客さんが来ることになると、姉は率先しておすしやカナッペなどの料理を作ったが、次姉と私が高校生と中学生になってからは、お客さんが見えて、「おめでとうございます」と挨拶してしばらくすると、いつのまにか消えていた。逃げるのもうまかった。姉は十二分に家事やうちのことはやったからもう卒業してもいい、と思っていたのだと思う。

抜け出して出掛けていく先が、仕事だったのか遊びだったのかわからなかったが、帰ってくると、必ず出した料理について、「どれが一番評判良かった?」とか、「どれが残っていた?」とか私たちにたずねるのだった。「これが残っていた」と答えると、「じゃあ、今度はそれを出さない方がいいね」と姉は頭に入れておく。そして次に同じお客さんが来る時には必ず違うものを作った。

アルコールはかなり強かったが、当時は、父と一緒に飲むということはほとんどなかった。女が家で酒を飲むことは日常ではなかったからだ。お正月などに、父が機嫌がいい時、「お前たちも一杯やるといい」とすすめられて、ようやく口にするくらいだった。雄鶏社《おんどり》の編集者時代は、よく外でウイスキーを飲んでいた。それでも、飲んでもぐでんぐでんに酔っぱらって帰ってくるということはなかった。

雄鶏社にいた頃の帰宅時間は遅く、忙しい校了日は十二時を回ることもあった。うちで夕飯を食べることは週末以外はなかった。仕事だけではなく、映画を見たり、飲み歩いたりしていたようだ。試写などで知り合った人たちと遊んで、いろいろ吸収していた時期だと思う。

三十五歳で独立して一人暮らしをしてからは、ビール一辺倒になった。父に気兼ねなく飲むことができるようになったというのに、今度は姉自身が酔いたくなかったのだ。仕事をしなければならないというのが、大きくのしかかっていたのだと思う。スキーをやめたのも、それが理由だった。それまでは金曜の夜仕事が終るとそのまま夜行列車でスキー場に行き、土曜、日曜とめいっぱい滑り、日曜の夜、また夜行に乗って帰り会社に直行したものだった。

いくつもの仕事を掛け持ちし出してからは、足でも折って何カ月も入院するようなことは、もうできなくなっていたのだろう。

姉の最後のスキーは、三十歳少し過ぎた頃に行った栂池《つがいけ》だった。「もうこれで、私はスキーをやめる」と私に言ったのをよく覚えている。「何かあったら番組を降りなければならないし、みんなに迷惑がかかるから」と。請け負ったからには、途中で降りられないという気持ちがあった。責任感の強い姉らしい決意だった。

人を動かす天性

私が「ままや」という小料理屋を出した時、姉はずいぶんいろいろなところで、店のことを話してくれたらしい。ある時姉が、「あの店のことをどれくらい宣伝しているかわからない」と言ったので、「宣伝してほしいと頼んだ憶えはないけれど……」と言い返した。すると姉は、「私は誰にも宣伝してほしい、とは頼んでいないわ」。

そこがたくみだった。

「私、そんなこと言ってないわよ。ただ、妹が店を出したの。一度どうお、と聞いただけよ」

兄も私も学校を卒業して就職する時、姉は気にかけてくれて、「映画ストーリー」の顧問である清水俊二先生にそれとなく頼んでいたようだ。結果としては、二人とも先生のご紹介ではないところに就職したのだが、この時もこちらが頼む前に姉は動いていた。

次姉の友達にも、姉はいつの間にか就職先を探して紹介していた。この手の話をどこへ持っていって、どう話せば相手がどのように動いてくれるか、よくわかっていた。姉は、「お願い。世話してやって」とせがむようなことはしないが、さりげなく人を動かすのがうまいのだ。そういうところは、才能だった。

面倒みがよかったのだが、時には少々お節介と思われることもあった。

昭和四十四年、父が亡くなった後、母と私は赤坂のマンションに移り住んだ。そのマンションの近くに、小ぢんまりした中華料理店があったが、なぜかいつも人が入っていなかった。うちに来るたびに姉はその店の前を通るので気になっているらしく、「どうしてかな、あの店。私、宣伝しちゃおうかな」としきりに言う。

しばらくして姉は、「だめだ、あの店。宣伝できない」と言ってうちに来た。どうやら本当にその店に行って、味を確かめたようだった。

姉はいつも、何か仕掛けてみたいという茶目っ気を持っていた。

シャイな一面

姉は面と向かって大切なことを言わない人だった。重大なことは、歩きながら言った。もちろん仕事では押し出すところは押し出していたと思う。そうしなくては仕事にならないから。

でも身内に対しては違って、シャイな一面があった。自分のことはポツリ、ポツリと、ことが終った後に話した。そして、本当のこと、重大なことはサラリと言った。

昭和二十五年から十年以上住んでいた久我山の家が社宅だったから、父が定年で会社を辞めて他の会社に移る時、どこか新しい家を探さなければならなかった。その当時、次姉は結婚して家を出ており、久我山の家に住んでいたのは、両親と姉、兄そして私だった。

父と母が旅行中で、姉と私が二人だけでうちにいたことがあった。兄は仕事で家にはいなかった。その時、突然姉に切り出された。

「家を探そうと思うけど、あなたどう思う？」

姉はいつになく真剣だった。私はそれを聞いて、

「いいんじゃない。そうしてくれた方が私も助かる」

と素直に答えた。

「わかった。じゃあ、私が行動を起こそうか」

私がうなずくと、姉は決心した様子で、「それなら、その前に祝杯あげようよ」と、厚いステーキ肉を買ってきて、二人で「これから頑張ろう」と祝杯をあげた。父も母もどちらもいない家で、二人ではしゃいで意気揚々とビールを飲んだ。

そして、「私がこう言ったら、そうだね、と賛成してね」と先に段取りをつけていた。「お父さんを機嫌悪くさせないように、あなたも協力態勢を取ってよ」と。

ふだん姉は人に質問しないから、「あなたはどう思う？」と答えを求められたのは、人生のうちでそう何度とない。その時がそうだった。

しばらくして、姉は杉並区本天沼に手頃な物件を探してきた。それからが姉の腕の見せ所だった。母を困らせないように、父が機嫌よく決められるようにと、事前に段取り

をした。車を呼んで連れていって、帰りは美味しいものを食べさせて気持ちよく帰宅する——そういう配慮が姉は上手だった。

父は姉が子どもの頃は、何かと先走るので可愛くない、と思っていたようだが、年を取ってからは、姉が要所要所で、気働きするのを悪くはないと思っていたと思う。姉にとっても、気働きをすることは、嫌ではなかった。家族をまとめあげる姉の存在は向田の家にとって、大変なものだった。


そんな姉が、父とケンカして家を出たとエッセイに書いているけれど、じつはそれはきっかけにすぎない。わが家にはいろいろな制約があるから、姉のような仕事は当然しにくかった。

新聞ひとつ取ってみても、父が最初に見るものと決まっていたから、夕刊が来ていても姉が先に見ることはできなかった。仕事で必要な時に、そっと見て、またきちんとたたんで戻しても、一度開いたことがわかると、父の機嫌が悪くなった。そういうのも、わずらわしかったと思う。電話も茶の間にあって、父が寝ている枕の上にあった。仕事の打合せを父の頭の上ですることになり、どれだけ姉が気を遣ったかわからない。

テレビのドラマを書くようになって、一番気が重いのは電話でスジの説明をすることであった。

「関係」「接吻」「情婦」「妊娠」

三十過ぎの売れ残りでも、親から見れば娘である。物固い家の茶の間では絶対に発音しない言葉に、父はムッとして聞えない風をよそおい、母はドギマギして顔を赤らめている。

（「Bの二号さん」『眠る盃』）

姉は家を出たくてうずうずしていたと思う。外の喫茶店で脚本を書くことが多かったけれど、家で書く時は、昼間はみんなが仕事に出掛けてから、夜はみんなが寝入ってから書いていた。両親は結婚してからでないと、娘たちを家から出せないと思っていたが、次第に姉の生き方がわかってきたのだと思う。

姉が家を出てすぐ、私は毎日のように麻布の姉の家へ行って遊んでいた。帰りがけ、姉は気を遣って、母のために何か一品、おかずになるようなものを持たせてくれた。しばらくそれが続いて、父が「和子はどっちの家の子だね」と私に言った。ハッと思ってそれを姉に伝えたら、「そうだね。お父さんは寂しいのかもしれないね」とポツリと言って、それから姉は私を誘わなくなった。

姉が亡くなってから、「仕事がない時期もあった」と話してくれた人がいて、それで初めて姉の仕事に波があったことを知った。

原稿料がどのくらいか私たち家族はまったく知らなかった。姉は母に、「すごくいいお金もらえるのよ」と言っていたから、その額を亡くなった後知った母は、「たいしたことはないんだね」と苦笑していた。私たち家族は、書くということがどれほど大変かということも理解していなかった。

姉はお金があってもなくても、いつも同じように振るまっていた。

古風な人

姉が亡くなって痛感したことは、「姉も昭和ひとけたの女性だった。なんて古風だったのだろう」ということだった。

最先端の仕事をしていて、普通の女性の一歩先を走っている人のように見られていたが、亡くなってみて初めてわかった。つつましくて、昔気質《かたぎ》の女性だったのだと。物を大切にしないようでいて、大切にしている。私は姉の遺品を片付けながら、これはまいったな、と心底感じ入った。

姉は自分自身をとても大切にしていたと思う。その大切な自分自身のすべてを仕事に投入していたのだから仕事は命懸けだったのだろう。人と比べるのではなく、与えられた仕事を燃焼してやりとげたい、と誰よりも強く思っていた。脚本ばかりでなく、エッセイや小説などいろいろなことに挑戦したのは、自分を大切にするためにやったのだった。

「仕事があっての自分ではなく、自分があったからこそ仕事があった」と私は考えたい。

とても純粋な人だった。

亡くなった時は、残したものを整理するだけで精一杯だったが、年月が経つにつれて、そう強く思うようになった。私自身が年を取って、姉が以前より理解できるようになったのかもしれない。

姉はものに対しても人に対しても一途だった。

姉が好きだったのは、人間的に優しい人。えらいとか有名だとかではなく、人の気持ちを理解できる人、人間とは何かというのがわかる人が好きだった。

自分に誇りを持っていて、自分らしさを持っている人。男女、年齢などにこだわらず、いいと思った人を大切にした。

姉は「わがまま言うのが、役者だ」とも思っていた。もちろん、わがまま言うだけではダメだ。やることをやった上でのわがままなら、しかたがないと思っていた。

役者を選ぶ基準は、演技だけではなかった。むしろ感性で選んでいた。たとえば、風吹ジュンさんが新人女優としてドラマに出始めた頃、

「私あの人の感性好き。きっとよくなると思う」

と言ったのを覚えている。姉の琴線に触れたのだろう。久世光彦さんについては、「人の才能を見いだす力は、すごい」と言っていた。

姉の口からは人の悪口を聞いたことがない。その人の特徴を言うことはあっても、人柄を傷つけるような、決定的な言葉は言うことはなかった。いいところも悪いところも含めて、その人の特徴だと受け止めていた。

姉はドライなようでいて、ドライではなかった。それも亡くなってからわかったことのひとつ。

ある知人が仲間外れになりかけた時、まっさきにこう言ったのは姉だった。

「除け者にするのは、可哀そう。あったかくないよ。違う方法があるよ。もっと遠くで見ていてあげようよ」

スパッと切るような人ではないのだ。

本人のいないところで悪口を言っているのを聞いて、「可哀そう。悪口言う前にやれることがあるでしょ。冷たいよね」と言ったこともあるし、「一回だけのマイナスで、袋叩きにしてはいけないよ」と諭したこともある。

それは正義感でもあったし、姉のドライではない温かさだった。

それだからだろうか。姉の書くドラマや小説の登場人物には、「寺内貫太郎一家」の貫太郎など、欠点が多くあっても、どこか憎めない愛すべきところがあると思う。

生き方

映画評論家にならないか

姉が直木賞を取った昭和五十五年頃、「私、これでも昔、映画評論家にならないか、ってずいぶん言われたのよ」と私にポロッと打ち明けた。それまで何ひとつ自慢話めいたことは口にしなかったのに、思い出したように言ったのだ。

姉は映画を観ると、監督や出ている俳優たちの名前を一度で覚えられたので、その話を聞いたとき、「なるほど、お姉ちゃんだったら映画評論家もできたかもしれない」と私は素直に思った。

「先輩に小森和子さんたちがいたし、ひとつのことに固められるのが嫌だったからならなかったの。でも私は、大変な道の方を選んでよかったと思っている。結局、先が見えない仕事だから面白かったのかもしれない」

私にそう話したのは、「だから人生ってわからないものなのよ」と言いたかったのだろうか。

たしかに映画評論家の小森和子さんには、若い頃ずいぶん可愛がられていた。小森さんのモダンな洋服を姉は何枚かいただいたこともある。

二十代終わりから三十代にかけては、姉は雑誌のライターやラジオの脚本の仕事をしていて、本業の映画雑誌の仕事以外にいろいろ関わっていた時代だった。駆け出しのライター、脚本家の卵であり、どちらも最初はさぞかし大変だっただろうと思う。だから姉にとってもっともなりやすい道は、それまで長年関わってきた映画関係の仕事につくこと、映画評論家になることだったかもしれない。でも姉は大変な道の方を選んだ。

それから二十年。ラジオ、テレビのドラマの脚本を書き、ふとしたことからエッセイを書き、小説を書き出す。

姉は、制約の多いテレビ・ドラマとは違って、自由に表現できる活字の世界が楽しいと実感していたのではないかと思う。

姉は恵まれていて、仕事は向こうからやってきたのだと思う。自分から「何か仕事はない？」と探すのではなく、「こういうのあるから、クロちゃん、やってみない」と声をかけられた。時代のタイミングもよかった。〝クロちゃん〟とは、黒い服を好んで着ていた姉の愛称である。

姉は、その時その時を水を得た魚のように働いた。最初は普通の会社勤めをしたが自分には合わないと感じ転職して、好きな映画をたくさん見られる映画雑誌の編集の仕事につく。そこでは、翻訳の清水俊二さんが雑誌の顧問で、高木章さんというおおらかな編集長の下で、のびのびと仕事をした。一番映画界が輝いていた時代で、その中で仕事ができたのだ。

だが、姉はどこかで、映画はこれが頂点だと思っていたところがある。そういうカンは鋭かった。先を見るのに敏だった。これ以上映画の仕事につき進んでも、もうそれ以上のものはない。同じことの繰り返しになってしまうと感じていたようだ。同時に、自分にとっての面白さを窮《きわ》めたという思いもあったのだろう。

そして文筆業という横道にそれてみると、それが面白かったのだ。まだ半人前の原稿しか書けなくても、週刊誌の仕事や、ラジオの台本は、チャレンジしがいのあるものに思えたのだろう。書いた原稿がボツになっても、「よし、もっとやってみよう」とファイトが湧いて頑張れたのだろう。

雑誌の原稿も脚本も、最初からうまかったはずはない。下手な原稿でも、「何だか面白いことを考えるやつだ。もしかしたらものになるのではないか」と、見ててくださった人がいたのは、姉のツキだったと思う。

ボウリング

三十五歳の時、姉は家から独立して霞町に住んだ。当初、姉はボウリングに凝ったが、その熱中ぶりはすごかった。ボウリングの道具を一通り揃え、時間さえあれば私を誘って、ボウリング場へ足を運んだ。

どこまで窮められるかが、姉の挑戦だった。ところが、しばらく経って、二百いくつかのアベレージを取れるようになったとたん、姉はスパッとボウリングをやめた。私に会えば、「ボウリングに行こう、行こう」と誘っていたのが、とたんに口にしなくなった。私は、「あれっ」と驚いたけれど、同時に「ああ、なるほど」とも思った。姉らしい区切りのつけ方だったからだ。

何にでもプロとアマチュアの差はある。アマの限界を窮めて、それ以上努力するのが、プロだと思う。ボウリングの選手になるつもりはないというのはわかっていたから、姉はそれ以上はしなかった。アマで窮めるのなら、ここまでという限界を知っていて、自分で決めたレベルに到達したらそこで、卒業にした。

それは、かつて二十代の時、洋服や帽子作りに凝っていながら、やはりある程度までできるようになって、きっぱりやめたのと同じだった。

私は頻繁に、姉の霞町のアパートに遊びに行っていた。私たちは六本木で食事をし、その後ボウリング場へ行くのが遊びの定番だった。この頃は姉の一人暮らしの、助走期間だったのだと思う。生活のサイクルをつくり出す時期で、何かをしないではいられなかったのだろう。

ボウリング場に行くたびに「もっといいスコアを」と上を目指し、がむしゃらに目標に向かっていた。それでも、そうやって夢中になって凝っていても、我を忘れてのめり込むということはなかった。姉はただ自分の腕が上達していく過程を楽しんでいたように思う。それは何にでも共通していた。

姉はその後もいろいろなものに凝ったが、一番好きだったのは、骨董などの美術だった。奥が深かったからだろうか、これには卒業はなかった。

好き嫌いで判断

姉は何事も好き嫌いで決めた。理屈をつけて判断するような人ではなかった。瞬時に直感で判断していた。

どっちにするか、パッと判断して、「私はこっちにするわ」と決めていた。

でも、ある人は「ああ見えても、お姉さんは慎重に慎重よ。考えていないように見えて、考え抜いているのよ」と言った。

それも本当かなあ、とも思う。姉は考えに考えて出した結論でも、その姿を人には見せなかった。私も姉が考えないで判断したことはないと思う。でも、それが時間をかけて考え出した結論でも、瞬時に判断して決めた結論でも、変わらなかったのではないだろうか。

仕事

21歳、財政文化社で社長秘書をしていた頃。

秘書時代＋「映画ストーリー」編集者時代

「映画ストーリー」編集者時代。同僚の上野たま子さんと話し合う姉。

取材・原稿書きから割付まで、編集作業は何でもこなした。

東宝撮影所で。三船敏郎さん、上野たま子さん、読者２人と。左端が姉。

来日したスターに、読者プレゼントのためのサインをもらう。

「映画ストーリー」編集部。左から姉、上野たま子さん、高木編集長。

昭和35年新春、雄鶏社で。前列右から４番目が姉。12月同社を退職。

取材先でのスナップか。この頃雄鶏社を辞めるかどうか迷っていた。

スキー

スキーを始めた頃。当時のスキーファッションは、今のようにカラフルではなかった。中に着るものも、普段着ているスポーティなセーターなどを合わせていた。

「映画ストーリー」の編集者時代、高木編集長がスキーの愛好家だったこともあって、年に何度か家族ぐるみでスキーに行った。「クロちゃん、スキーに行くかい？　和子ちゃんもどう？」と、私も一緒に連れていってもらった。

姉は、滑り出しはいつも絶好調である。スキー場は草津が多かった。

右から２番目が私、３番目が姉。私は姉の手製の帽子をかぶっている。

「すみません！　のいて下さい」の叫び声と共に、滑るというより転げ落ちては、他人様の心胆を寒からしめたことがしばしば……。(昭和35年２月号「映画ストーリー」編集後記)。写真上は右から３番目、下は右から４番目が姉。社員旅行でもスキーに行った。

スキー小屋にてしばしの休息。左が姉。手製の帽子をかぶっていた。

真ん中が姉。滑る前は格好が決まっていたが……。

質問しないたち

じつは私は、「今、どういう仕事しているの」と姉にたずねたことが、一度もない。いつも、姉が話してくれるのを聞いているだけだった。

私は子どもの頃から、誰かに質問するということはいけないことだと思っていた。わからなければ自分で調べた。「どうしてそう思うの？」とか、「どうしてそうやるの？」とか、なんだか聞いてはいけない気がしていた。今もそうだ。誰と話をしていても、相手が話してくれることがすべてで、後は自分で感じとるものではないかと思っている。

考えてみると、それは私だけではない。うちの家族はみな、ひとに質問をしないたちだ。子どもの頃、母は私たちに、「今日は誰とどこに行くの？」とは聞いても、それ以上立ち入って聞くことはなかった。きょうだい同士で、「今、何の本読んでいるの？」と聞いたことはないし、聞かれたこともない。「聞かれて困るな」という本を読んでいたら、それこそたずねたほうが困ってしまうだろうから。

居間に本が置いてあっても、勝手に手に取ることはなかった。「これ、見てみる？」と差し出されて初めて触った。姉の部屋の奥に私の部屋があって、姉の部屋を通って自分の部屋に行く時でも、一切姉の机に触れることはなかった。そういうところに踏み込んでほしくないというところが、私たち家族にはあるのだ。

また、うちの家族は相談ということをほとんどしない。みんな、それぞれ自分で考えて結論を出す。悩んでいる最中に、「あなた、どうするの？」などと聞き出したら、本人は貝みたいに心を閉ざしてしまうものだと思う。気持ちの整理がついて話す時がくれば話すのだから、それでいいのではないか、と思っている。

そういう我が家の流儀は、もしかしたら他人行儀だとか思われるかもしれない。でも、それぞれの、家族を思いやる愛情はどの家族にも負けないと思っている。ただ家族であっても、心の中に土足で踏み込むようなやり方をしたくないのだ。

姉が取材や旅行などでマンションを空ける時、私は姉に飼猫のマミオに餌をやるのをよく頼まれた。その時の私が姉の家で過ごす滞在時間はだいたい十分。マミオの餌を用意し、水を代えるだけで、冷蔵庫も戸棚も何も触らなかった。

姉が突然亡くなり、整理せざるをえなくなって、私は初めて姉の机の引出しを開けた。踏み込んでいいかもたずねられずに姉の遺品に触れ、私は戸惑うばかりだった。

手袋をさがす

学生時代、姉は、アイスクリーム屋や髙島屋デパートで売り子をやったり、同じ学校の服飾科の学生の編み物を頼まれて代わりに編んだりと、さまざまなアルバイトをやっていた。政治家の選挙の「広報」の手伝いをしたこともあった。宣伝文を書かされて、機転がきくからか見込まれたらしい。「秘書にならないか」と言われて、その気になって帰ってきたことがある。うちでそれを話して、「とんでもない。あんな女ったらしの多いところ」と父にこっぴどく叱られていたが。

当時、女学校や大学を卒業しても就職する女性は少なかった。花嫁修業をしばらくして、お見合いして結婚し、家庭に入る人が大半だった。下に三人もきょうだいがいるわが家は、働かずに花嫁修業するだけでいいというほど裕福ではなかった。

姉は卒業後、財政文化社に入社した。財政文化社が、どういう業務内容の会社だったのか、くわしいことは私にはよくわからないが、社長が文化的なことが好きだったとみえて、社員はみな面白い人ばかりだった。後になって、カメラマンや画家、翻訳家で名を成した人など、ユニークな人たちが集まっていた。

姉はそこで、社長秘書をしていた。まだ、自分が本当に何がやりたいか、わからなかったのだろう。二十歳で個性的な集まりの会社に入って、姉は衝撃を受けたのだと思う。そこで、「私には何ができるのか、何が好きなのか」を探し始めた。自分が好きなことを仕事としてやっていこうとする芽が、そこにあったのだと思う。

仕事に迷っていたそんな時、新聞の求人欄にたまたま雄鶏社の映画雑誌「映画ストーリー」の社員募集が載っていた。そして映画を観るのが大好きだった姉は、運良くそこに受かった。

だからこそ、人生は面白いと思う。姉がもし、学校の先生になっていたり、安定した大会社に入っていたりしたら、違った人生を歩んでいただろうと思うからだ。普通の企業に入って普通のレールに乗っていたら、放送ライターにはならなかったかもしれない。それとも、やはり途中で他のレールに乗り換えたかもしれない。それはわからない。

いずれにせよ、いろいろな道をたどって回り道してきたから、それがみんな後になって、書くことの肥やしになった。

だから、人生には無駄はないのだとつくづく思う。姉には人を押し退けていくほどの貪欲さはないが、マイナスをプラスに変えていけるだけのエネルギーがあった。

若いうちは、深く考えずにそれが面白いかどうかで物事を選択していくものだと思う。好奇心の強い姉には、面白いものには乗りたいと思う気持ちが、人一倍強かった。次から次へと面白い方向へ進んでいったら、映画雑誌からテレビ・ドラマに関わるようになり、やがてエッセイや小説を書くようになった。

エッセイ「手袋をさがす」には、気に入った手袋が見つかるまで、ひと冬を手袋なしで過ごし、「ないものねだりの高のぞみが私のイヤな性格なら、とことん、そのイヤなところとつきあってみよう」と決心した二十二歳の自分を書いている。そして、エッセイの最後の方では、それを書いた四十六歳の自分の気持ちを素直に語っている。

自分の気性から考えて、あのとき――二十二歳のあの晩、かりそめに妥協していたら、やはりその私は自分の生き方に不平不満をもったのではないか――。

いまの私にも不満はあります。

年と共に、用心深くずるくなっている自分への腹立ち。

心ははやっても体のついてゆかない苛立ち。

音楽も学びたい、語学もおぼえたい、とお題目をとなえながら、地道な努力をしない怠けものの自分に対する軽蔑——。

そして、貧しい才能のひけ目。

でも、たったひとつ私の財産といえるのは、いまだに「手袋をさがしている」ということなのです。


（「手袋をさがす」『夜中の薔薇』）


この作品は、姉がエッセイを書き始めた頃のものだ。その後も「手袋」を探しながら、エッセイを書き続け、小説にも手を染めていった。

姉の人生にはたしかにツキがあったと思う。でもそれだけではなくて、いろいろなことをやれたのは、自分に合う「手袋」を一生探し続けたからなのかもしれない。

姉がさらに「手袋」を探し続けていたとしたら、次は何を手に入れていたのだろうか。

おしゃれ

お揃い

「あしたの朝までに手袋を編んであげる」

姉さん気取りで約束する。

「指は何本」

妹が心配そうにたずねる。

「五本に決ってるじゃないか」

「うわ。五本指！　お姉ちゃんありがと」

湯上りのおでこを光らせ、妹は嬉しそうに布団に入る。

ところが編んでいるうちに、こちらも眠くなる。結局、指は親指一本で、あとの四本はまとめてひとつのかたちにしてしまう。

翌朝、妹が起きてくる。

「なんだ、ミトンじゃないか。傘《かさ》がさせないじゃないか」

大きなランドセルを背負いながら、妹はベソを掻《か》いていた。

（「編む」『夜中の薔薇』）

姉は十代の後半から二十代にかけて、弟妹たちによくセーターや手袋を編んでくれた。とくに次姉と私には、お揃いのものをずいぶん作ってくれた。とはいっても、私たち三人姉妹は誰も、本当はお揃いというものが好きではなかったのだが、「姉妹なんだからお揃いがいい」と思っていたのだろうか、姉は私たちによくお揃いのものを作りたがった。

それは姉の愛情だったのだと思う。次姉も私も、時にはお揃いの服が嫌だったこともあるけれど、今ではいい思い出になっている。

次姉と私が、自分でセーターを編める年頃になってからも、私たちをスキーに連れて行くのに合わせて徹夜で編んでくれた。朝になって、「帽子は作ったけどね、手袋までは間に合わなくってごめんね」とあやまられたこともある。姉妹の中で誰よりも姉が忙しかったのを知っていたから、次姉も私も頼んではいない。それでも姉は妹たちに作ってあげたいと思ったら、無理しても作った。

編み物はどんなに急いでも、一目一目しか編めない。だから、編みながら姉は何を考えていたのだろうか。手は動かしてはいても、頭は自由だったはずだ。そう思うと、今自分でセーターを編みながら、胸が熱くなる。姉はどんな気持ちで、何を思いながら一目一目を編んでいたのだろうか。

ボレロ

着物一辺倒の母に代わって私たち妹の洋服を作ってくれたのが、姉だった。作り始めたのは、まだ姉が女学生の、十五、十六歳頃だったと思う。

姉の女学校時代は戦時中だったから、縫うものと言えば、モンペやブラウスだ。作っている最中に空襲警報が鳴ると、あわてて防空壕に入り、おさまるのを見計らってまた家に戻ってミシンをかける——そんな具合だった。

次姉と私が甲府に疎開してからは、疎開先にお手玉などの小物を作って送ってくれた。楽しいことが少なかった疎開中では、姉のお手玉は大切な宝物だった。

姉は次姉と私に数えきれないほどたくさんの服を作ってくれた。

その中でも私が一番記憶に残っているのが、次姉と私のお揃いの夏のドレスだ。戦後すぐのものがない時期に、父の着古した、白に紺の小さな地模様の浴衣で作ったものだ。

エプロンのように首の後ろで紐を結ぶ背中が大きく開いたドレスで、男物の地味な生地だったからか、ふちに白いパイピングがしてあり、おまけにお揃いのボレロと帽子も作ってあった。とても垢抜けて、おしゃれなデザインだった。

元「父の浴衣」の生まれ変わりように次姉と私は驚き、「お姉ちゃんってなんてすごいんだろう」とひたすら感心していた。その一着はどれよりもお気に入りの服となり、何度も着た覚えがある。


姉はボレロを作るのがとても好きだった。

父の背広をリフォームして、ジャンパースカートを作ってくれた時も、お揃いのボレロをつけてくれた。柄も形も今でもよく覚えている。細かい黒白の千鳥格子柄で、私の記憶にある最高の服だった。

昭和二十二年から三年間、私たち一家が父の転勤で仙台に住み、実践女子専門学校の学生となっていた姉は東京に残り、祖母の家に下宿していたことがある。

仙台には、うちから行ける距離にドミニコ修道院があった。姉が帰ってくる夏休みや冬休みに、そこのバザーがお目当てで、姉に連れられてドミニコ修道院に行くのだが、バザーがすばらしかった。

当時、まだ町の洋服屋でも服の種類が不足していたのだが、バザーには外国製の中古のスカートやワンピース、ブラウス、セーターなどが豊富に出ていた。どれも生地がよく、色合いもデザインも垢抜けていた。バザーには服とともに輸入菓子が並べてあり、赤や黄色などのドロップやジェリービーンズなど、びっくりするような色や形のものがたくさんあった。普段見たこともないものばかりで、何もかも珍しく、何もかもしゃれて見えた。

バザー会場で姉は、東京にいる間アルバイトをして貯めたお金で、次姉と私に服やお菓子を買ってくれた。だから私たちは、姉が東京から帰ってくるのをとても楽しみにしていた。

バザーで買ってくれた外国製のチェックの中古スカートに合わせて、父のワイシャツを仕立て直し、ブルーのボレロを作ってくれたこともある。そのボレロとチェックのスカートを合わせて着ると、「いつもの和子ちゃんと違うね」と周りから言われるほどすてきなものだった。今も忘れられない大好きなボレロだ。

姉が洋裁を習ったのは、女学校時代の家庭科の授業でだけだ。戦時中のことだったから、どれだけ本格的に習ったのかわからない。それでも覚えのいい姉は習ったことを最大限に生かし、また習っていないことは自己流でどんどん作り方を考えだして、自分なりの洋服作りを試みていた。

姉は自分の得手不得手をよく知っていた。それにもともとシンプルな服が好きだったから、あまり凝ったものや難しいものは作らなかった。

その中で、ピンタックは例外だった。「何でこんなに手がこんでいるの？」というような凝ったピンタックでも見事に作り上げた。うまく作るコツを会得したのか、面倒なピンタックを得意がっていろいろな服に入れていた。

アイディアさん

次姉と私の、中学、高校の時のセーラー服も、姉の手製だった。見事な出来ばえで、友達から注文が入るほどだった。当時のことを振り返ったエッセイには、こんなふうに書いている。

私は女学校五年のとき、セーラー服を縫う内職をしたことがある。別に暮しに困ってやったわけではないのだが、妹たちに作ってやったセーラー服の格好がいいというので、注文がきたのだ。

セーラー服の上衣もズン胴ではなく、ウエストを少し詰める。スカートも、やはりズン胴でなく、ヒップのあたりに細工をしたり、規定よりすこし襞《ひだ》の数を多くする。

それだけで、ひと味違ったスマートなセーラー服になった。

戦後の衣料不足の時代で、ロクな仕立屋もなかったので、私はかなり繁昌したのだが、さびしかったのは、お礼がさつまいもや南瓜だったことである。

お礼のことはともかく、今考えると小賢しいことをしたものだと思う。セーラー服はダブダブなくらいなのがいいのだ。体にピタリと合ったセーラー服など、ポルノ映画の主人公である。

（「セーラー服」『女の人差し指』）

姉の作った制服が、そんなに体にピッタリしていたという記憶はないが、そこは姉らしいユーモアだろう。

ともあれ姉は、プリーツスカートが得意中の得意だった。プリーツは、ひとつずつプリーツを作っていくような面倒なやり方をせず、面白い作り方を考え出していた。前もってロールペーパーを折りたたみ、襞を作っておき、スカートの生地の上と下にその折りたたんだロールペーパーを乗せ、生地を襞に合わせて折り、ロールペーパーの上を縫うだけで一度にプリーツになるというやり方だったと思う。

姉はすごい〝アイディアさん〟だった。誰も教えてくれなくても、自分なりに工夫する。手順はどうであれ、格好よければいいと決めていた。

私が中学生の時、ワンピースを作ってくる宿題が出た。白と黄色のギンガムチェックの生地でワンピースを縫い上げ、最後にボタンホールを作ろうと尖ったへらの先で力を入れた。すると、ボタンホールの部分だけではなく、ワンピースの後身頃、つまり背中の部分にも同じように穴が空いてしまった。

あとはボタンホールを作ってボタンをつけるだけだったから、それを見て私は半泣きになった。どうしたらいいか、私にはまったくわからなかった。

夜になって、姉が会社から帰ってきた。泣きべソをかいている私から話を聞き、

「うん、そうか。残り布をもっといで」

姉はそういう時にこそ、〝お助けマン〟になった。

姉は生地を手にして少し考えた後、バイアステープを取り出し、背中の穴の部分を隠しながら、セーラーカラーのようにバイアステープを付け、それを肩から前に持ってきて右、左両方の胸のところで止めた。そしてそのテープの先端に飾りとしてそれぞれ白いボタンをつけた。思いもしない発想だった。

ワンピースは、バイアステープのラインと胸のボタンがアクセントとなって、一層引き立った。私は、大喜びだった。

姉にとって私の喜ぶ顔を見るだけでよかったようだ。姉は、どういうふうに作ろうかと考えながら作っていることそのものが楽しかったのだと思う。

当時、夕方になると、次姉は私のことをこう言ってからかった。

「和子ちゃん、何か困ったことあるの？　お助けマンお姉ちゃんが帰ってくるのを待ってるの？」

「え、なんで」

「だって和子ちゃん、お姉ちゃん帰ってくるかな、と言ってそわそわしてるじゃない」

図星だった。たしかに私は困ったことがあれば、姉が必ず何かアイディアをくれると思っていた。いつも発想がよかったし、何よりも器用だった。

姉はおしゃれな材料を見つけるのも目ざとかった。探してくる先は、輸入小物などが置いてある新宿の松葉屋や、吉祥寺の輸入生地や雑貨の店だった。

早さに挑戦

姉に作ってもらった服には、どれもいい思い出がある。

でも正直なことを言うと、ほんの一時だが、姉に服を作ってもらうのが嫌だった時期がある。

私が小学校低学年で、姉は、東京・目黒高等女学校に通っていた、十七歳頃だったと思う。姉が洋服を作ってくれると私の採寸をする時、くすぐったがり屋の私はまっすぐ立てずくねくねしてしまう。それで普段はめったに声を荒げない姉が、「ちょっと、ちゃんとしなさい」とそのたびに怒った。そんな姉が怖くて、「洋服なんて作ってもらわなくてもいい」と内心思っていたのだった。

しかし、服が出来上がってみると、それはそれは見事な出来ばえだった。現金なもので、「作ってもらわなくても……」と思っていたことなどすっかり忘れて、私はただ「お姉ちゃん、すごい」と喜んだ。

当時、姉には、「遊びたいし、いろいろしたいことがあるのに、妹たちに洋服を作らなければならない。どうせ作っても、泥だらけにしてしまう」という気持ちがあったのだろう。

母は着物は縫えるが洋服は不得意だったから、洋服は自分が妹たちの分を作らなくてはという気がまえがあった。「作らなければならないけれど、時間がない」と、イライラしていたんだと思う。姉が作っている最中は、とても近寄れなかった。殺気だっていて怖いくらいだった。

姉の服作りで忘れられないのが、次姉と私にお揃いのハーフコートを作ってくれた時のことだ。私が中学三年生で姉は「映画ストーリー」の編集者、二十四歳頃だったと思う。

冬のある晩、姉が生地を抱えて会社から帰ってきた。たずねるまでもなく家族には「ああ、また何か作るんだな」と、一目瞭然だった。

案の定その夜も、ひとり部屋に籠もって、黙々と作り続けていた。どうやらコートという大作に挑戦しているらしく、四苦八苦している。母が見かねて、

「明日、二人に着させなくてもいいわよ。今夜はおしまいにして、明日の晩にやったらどうなの」

と声を掛けた。でも、そんなことを聞くような姉ではなかった。結局いつものように、一睡もせずにそのハーフコートを仕上げた。

その頃、うちでは煉炭火鉢で暖をとっていた。煉炭は換気を怠ると一酸化炭素ガスで中毒死のおそれがあった。ハーフコートは出来上がったものの、姉は朝になって一酸化炭素中毒でのびてしまった。

うちでは、朝食だけは家族揃って取ることが決まりだった。父が厳しかったから、前の晩遅く帰ってこようが、一睡もしていなくても、決まりは決まりだった。だからその時も少しだけ休んで、みなと一緒に食卓についたと思う。出来上がったハーフコートは、学校に着ていく用に、濃紺のプレーンなデザインで作ってあった。

姉は、どんな服であっても、何日もかけて作るということはなかった。「今晩スカートを作る」と決めたら、その一晩で作った。しかも多くの場合、妹たちにお揃いのものを作るのだから、二枚いっぺんにできなければ気がすまないのだ。その集中力はものすごく、手早かった。その時の凝縮した集中力は、後に放送ライターになって、一気にシナリオを書き上げていたのと共通していたように思う。

十代の頃姉はいつも、家にある着古した服をリフォームして服を作っていた。服を作るということは、古い服や着なくなった服を出してきて、作り直すのが当然だった。

二十代に入って、初めて新しい生地を買ってきて作った時、「新しい生地は、手間がかからなくて楽だね。早くできる」と感心したように言っていた。

「継いだり、はいだりしなくていいのだもの。三分の一の時間でできてしまう」

リフォームして作る時は、元の服の生地の状態を見ながら、弱っている部分はどこに使うか、どこを強くしなければならないか考えながら作らなくてはならない。そんな必要のない真新しい生地は、姉にしてみれば新鮮な驚きだったのだろう。

映画からおしゃれを盗んだ

姉は十六歳で終戦を迎えている。だから戦後まもない時期が、姉の青春時代だ。当時日本にはまだ、ファッションと呼べるほどの服がなかった。なにしろ物が不足していた。

その頃のファッションは、外国映画に出てくる女優さんたちからの影響が大きかった。たとえばオードリー・ヘップバーンは映画の中で、ブラウスにカーディガンを着ているだけだとか、基本形にそった、ごく普通の服を着ていた。ワンピースやツーピース、コートにしても、デザインはシンプルで定番。それでいて襟ぐりや袖のつき具合、丈の長さなど、微妙なところがきちっと決まっていて、とても垢抜けていておしゃれだった。

姉はよく映画を観ていたから、「あの女優さんの体型に自分も似ているから、私もあれなら着られる」というところから、おしゃれのセンスが入ってきているのだろうか。

姉は二十代の頃、「クロちゃん」と呼ばれるほど、黒ばかり着ていたが、黒を喪服ではなく日常に着ていたのは、映画からの影響があったように思う。

うちにはそんなハイカラなファッションを身につける環境はなかった。母方の祖母が着道楽だったこともあって、母はたしかに着物はいいものを持っていた。私たち姉妹は、母の上質な大島紬だとか、お召しなどを見て育っている。サラリーマン家庭だから、たまにしか買えないけれど、買う時はいいものを買っていた。ただ、着物の品定めはいくらかできても、着物は洋服のセンスとは違うと思う。

洋服を見る機会がそれまで圧倒的に少なかったから、どう組み合わせたらいいか、どのデザインが自分に合うか、選ぶのが難しかったのだ。私は当時小学生だったが、その頃、多くの女性たちの洋服の着方が、ちぐはぐだったような記憶がある。

姉は洋服の着こなし方をよく知っていた。着こなしのバランスというのを、いつも考えていた。だから、私がセーターの襟元から白いシャツの襟を出して着ていると、姉はパッと見て、「その白い襟の出ている部分、もっと少なくした方がいい」などと指摘した。色の組み合わせ、色や生地のバランス、袖やスカートの丈。そういったものを厳しく決めていた。

二十代の頃の姉のスナップ写真やポートレイトが驚くほど多く残っている。それも女優顔負けのポーズばかりだ。どんなところでそんなポーズのつけ方を学んだのだろう。

「映画ストーリー」の編集者時代は学生時代以上に映画を観ていたし、雑誌を作りながら女優さんたちの写真を数多く扱っていた。そこで、どういうふうに写れば見栄えがいいか、どうすれば自分の欠点をうまく隠せるか、自然に身につけていったのだと思う。

体・顔の向け方、足の置き方、目線の位置。自分が一番格好よく撮れるポーズを知っていた。

昭和三十年代に入り、姉が二十代半ばともなると、次第に、アメリカから輸入した生地や洋服が店先に並ぶようになってきた。姉は上等な生地を探し、自分に似合う型を選んであつらえたり、自分で作ったりした。着る物に妥協はしなかった。

母が着物一辺倒だったのに対して、姉は着物をほとんど着なかった。着物は着るのに時間がかかる上、いつも忙しく働いていた姉は、ゆったりと着物を着て優雅に過ごすような日がほとんどなかったのだと思う。着物は、数えるほどしか着ていなかった。

それでも姉の、白地にグレーの縞の着物は今でも覚えている。ダクロンという生地で作ったもので、姉が子どもの時、祖母に「人形の着物が好きではないから作りたい」と言って、生地を見せてもらって姉自身が選んだのが、同じ色合いと柄だった。

そう考えてみると、好みというのは、案外、生涯変らないのかもしれない。

ルネ

東京・千駄ヶ谷駅から少し歩くところに、通称、「清水さん」という仕立て屋さんがあった。姉が働き出して洋服の仕立てを専門店へ頼み始めた頃、最初にお願いしていたのが、その清水さんだった。男物が専門だけあって、襟の仕立てがとても上手で、姉はスーツやコートを頼んでいた。私も一枚だけ作ってもらったことがある。

時には、リフォームをお願いした。

父のオーバーで、裏がチェック柄になっているものがあった。ブルーグレーの地に、紺、黒、茶の大きなチェックが印象的で、私たち姉妹が「うらしま、うらしま」と呼んでいたもので、それを表裏逆にして、コートに仕立ててもらった。なかなかしゃれたコートに仕上がったのを覚えている。

しばらくして、かちっとした服に飽きかけていた頃、姉は、銀座に「ルネ」という洋装店を見つけた。オーナーが芸大出の画家で、センスがとびきりよかった。銀座の裏通りにある四畳半ほどの小さな店だったが、顧客には有名人が多くいて、ちょっとした社交場になっていた。狭い店の中には輸入ものの いい生地がたくさんあって、とても垢抜けていた。

姉が作り始めてから、次姉と私もルネで服を作り始めた。三人揃ってルネに行くと、姉は店に入ったとたんに、生地の並ぶ棚からお気に入りのひとつを見つけて、「私、これが好き。これにする」と一番に決めるのだ。となると同じ生地では作れないから、私たちはそれ以外から探さなければならない。姉はいつでも目ざとかった。この頃は、グレーのツイードやベージュのチェックの生地を選んでいて、黒一辺倒ではなかった。

生地を選ぶとルネのご主人が、「こんな感じのデザインはどうかな」と、その場でさーとデザイン画を描いてくれた。ご主人は客の好みや性格を捉えるのがうまくて、自分の考えを押しつけることはしなかった。姉の好みの生地も形もよくわかっていて、「お姉さんにはこれがいいね」と選んでくれることもあった。

ルネでは十年近く作っていたのではないかと思う。その後一時期、姉がシナリオの仕事が忙しくなり、「おしゃれの小休止」の時期があった。それからしばらく経ってから、服飾デザイナーの植田いつ子さんにお願いするようになった。

自宅で着るものは、植田さんとは別の人に頼んでいた。じっとしていないから、とにかく動きやすいものを好み、「腕まわりはゆったり」とかいろいろ注文をつけて、自分だけの一着を作ってもらっていた。「勝負服」の着心地にはいつもこだわっていた。

センスはピカ一

三十代に入って自分で洋服を作らなくなった一番の大きな理由は、仕事があまりにも忙しくなりすぎたからだ。そんなことはやっていられなかったのだろう。二足、三足のわらじを履いていて、昼間、雄鶏社で映画雑誌を作り、夜は、平凡出版で雑誌ライターの仕事をやり、その上、時折ラジオの台本を書いていた。

昭和三十年代半ばになり、日本も少しずつ豊かになってきて、自分で作らなくても、探せば気に入った服が買えるようになったということもある。

それ以前は、お金はないし、気に入った服があっても、とても高かった。姉がほしくて買ったジャンセンの水着が、給料の三倍だった。今だったら考えられない値段だ。服が高かったその当時でも、それは特別高かった。でも姉は手に入れたい、となったら必ず手に入れた。「気に入ったもののためならば、アルバイトしてでも手に入れるわ」と言っていた。

いま写真を改めて見てみると、姉はじつに基本に忠実なおしゃれをしている。流行に左右されない、自分に合った洋服選びだ。おしゃれのセンスはピカ一だった。

姉はものすごくいいものを着ていた。いま探してもないような、上等の生地で服を作っていたからだ。普通の人の三倍は服にかけていたと思う。

たとえば高いお金を出して毛皮を買うより、「毛皮と同じ値段でツイードのスーツを買うわ」という人だった。そのぶん、「ほかの人が、三年しか着ないのなら、私は十年着るわ」と言っていた。気に入ったらとことん着る。それは徹底していた。贅沢なようでいて、経済観念がなかったとは言えないと思う。だから、「クロちゃん、いつもおんなじもの着ている」と言われることに対しての抵抗感はなかった。

姉からもらって今なお着ている外国製のポロシャツがある。鮮やかなボルドー色で、襟と袖の織り方が面白く、着心地がバツグンなので、ついつい袖を通してしまう。考えれば、二十五年以上前のものだ。それくらい、姉は上質なものが好みだった。

服のデザインは、基本に忠実ではあるけれど、根本的には新しいもの好きだった。だが、流行にすぐ走るというようなことはない。それがずっと続くかどうかを見分ける目があり、本当にいいもの、新しくても定番になるものを探した。

夏のワンピースは変わったデザインのものも買っていたが、それ以外のシーズンに着るものについては、何度も着られないような奇抜なデザインの服は買わなかった。

エッセイ「手袋をさがす」には、一つの気に入った手袋が見つからなくて、気に入ったものが見つからないなら見つかるまで、手袋ははめないと決心して冬を過ごす、というエピソードがある。「傘一本でも、私は一年かけて探す。嫌なものは嫌」と言っていたのを思い出す。「嫌なものは身につけたくない」ということははっきりしていた。いつも自分が好きかどうかだった。「好き」「嫌い」がはっきりしていた。それは、生涯一貫していたと思う。どんなにいいものでも、自分に似合わないと思うと絶対着なかった。


ラジオ台本を書いていた「おしゃれ小休止」時期は、忙し過ぎたらしい。海辺で履くような地味な色のゴム草履を履いて、ラジオ局の一室で書いていたので、「あのおしゃれな姉が……」と私は不思議に思ったことがある。

ただそういう時でも、必ず足にまっ赤なペディキュアをしていた。それを見た時、私は姉のバランス感覚に感心した。大ぶりなゴム草履に赤い爪はひときわかわいらしく見えた。しかも、そのゴム草履さえ、自分に合うのを探しに探して手に入れたものだった。

財政文化社時代。手製のブラウスは黒と蝦茶色のチェックで、お気に入りの1着。仕事着としても、フォーマルな場でも着て楽しんだ。同じく手製の黒いロングスカートは腰から膝ぐらいまでがタイトで、裾の方が少しフレアーになっている上質のギャバジンだった。

手作り

スカートは右と同じもの。クリーム色の生地に色が混じった上等なウール地のブラウスも手製で、ほれぼれするぐらい素敵だった。大ぶりの黒いアクセサリーに黒い靴を合わせている。

チェックのプリーツスカートは手製。シルバーグレーのアンサンブルのニットに合わせて着こなす。ボックス型のベージュのハンドバッグは新宿・松葉屋のもので、おしゃれな形が気に入っていた。23歳頃。

雄鶏社に入ってまもなくの頃。袖なしのセーターとカーディガンのアンサンブル。色はもちろん黒。極細の毛糸を２本どりで編んだもので、よく着ていた。袖なしでも大きく肩を出さないのが特長。

仕立てのいい、すこぶる上等の生地のコートを持っていて､長く着た。上はレインコート。左はモスグリーンのハーフコート。裏が濃いグリーンのチェック柄で、袖のボタンをはずし、折り返して内側の柄を見せることもあった。次々ページ右はグレーのツイード。この３着は仕立て屋の清水さんに作ってもらった。男物が得意でカチッとしたスーツが上手だった。姉が頼むデザインはどれもシンプルだ。

コート

クリーム・ベージュにもえぎ色のチェックの銀座「ルネ」のスーツ。めずらしく大ぶりの襟だった。襟のあき具合は程よいものを選んでいた。首が太く短いからと、つまった襟は着なかった。31〜32歳、放送ライターになりたての頃。

ルネ

黒のベルベットで作ったルネのスーツ。小さなヘチマ襟でとてもしゃれていた。次ページのグレーのスーツと形はほとんど同じ。黒いスーツは小物を黒でまとめている。

小ぶりなヘチマ襟は姉のお気に入り。靴とバッグ、手袋を白で統一。

水着

給料3カ月分を注ぎ込んで買った、ジャンセンの黒エラスティックの水着。撮影用にか、モデルのように肩紐を取って着て、お気に入りの黒のサンダルを合わせた。

前ページの水着に肩紐をつけた時。シンプルだけれど、胸とウエストラインが美しく見えるおしゃれなデザインだった。

「映画ストーリー」の顧問、清水俊二先生ご夫婦と一緒に行った海水浴場にて。左端が先生の奥様、前中央が先生、右端が姉。先生も奥様も猫好きで、お宅には私も遊びに連れて行ってもらったことがある。猫をいただいたことも3度あった。奥様が宝塚歌劇団の出身で、私が昭和53年に「ままや」を開店してからは、芝居がはねた後、先生は時々宝塚の人を連れて店に来てくださった。

社員旅行

雄鶏社では、春と秋の年2回、社員旅行があった。今は喜ぶ人はあまりいないかもしれないが、昭和20年代、30年代は違った。旅行そのものが特別のことだったから、社員旅行は楽しいひとときだった。写真は谷川岳。

社員旅行には友人から借りたライカのカメラを持参した。

カメラウーマンの姉が撮った1枚。

数年前、「よそゆき」だったシャツを、ドレスダウンして登山に着用。

姉は右から4番目。

姉の仕事

心に残るエッセイ

何度読んでも泣かされるのが、「字のない葉書」だ。それは私のことが書かれているからだけれど、そのエッセイの中には自分とは違う私がいると思っている。今では暗記してしまったほどだが、読むたびに涙が出る。

昭和五十一年の初夏だったと思う。姉から電話がかかってきた。

「家庭画報の七月号にあなたのこと書いたから、読んでね」

私はすぐに近所の本屋へ走り、言われたとおりの雑誌を手にし、開きもせず買って帰ってきた。

うちに戻って、ページをめくって「字のない葉書」と題した姉のエッセイに目を落とすと、そこには、戦時中、疎開する私に、父が自分宛の宛て名を書いた葉書をたくさん持たせ、「元気な日はマルを書いて、毎日一枚ずつポストに入れなさい」と言って疎開に出した時のことが書かれてあった。当時私は、まだ字が書けなかった。食べることが第一の戦争まっただなかで、親は幼い私に字を教えるひまがなかったのだ。

一週間ほどで、初めての葉書が着いた。紙いっぱいはみ出すほどの、威勢のいい赤鉛筆の大マルである。付添っていった人のはなしでは、地元婦人会が赤飯やボタ餅を振舞って歓迎して下さったとかで、南瓜《かぼちゃ》の茎まで食べていた東京に較べれば大マルに違いなかった。

ところが、次の日からマルは急激に小さくなっていった。情ない黒鉛筆の小マルは遂にバツに変った。その頃、少し離れた所に疎開していた上の妹が、下の妹に逢いに行った。

下の妹は、校舎の壁に寄りかかって梅干の種子をしゃぶっていたが、姉の姿を見ると種子をペッと吐き出して泣いたそうな。

間もなくバツの葉書もこなくなった。

（「字のない葉書」『眠る盃』）

次姉が疎開先の私のところへ会いに来てくれた時のことは、鮮烈な記憶としてずっと持ち続けている。

姉に直接その話をしたことはないはずだが、きっと次姉がその時の様子をみんなに話したのだろう。エッセイを読んでいて、姉が何十年経っても、こんなにも鮮明に覚えていることに何より驚いた。私は読みながら涙が溢れ出た。

エッセイには、私が気がついていなかったことも書いてあった。疎開先からうちへ帰ってきたくだりである。

夜遅く、出窓で見張っていた弟が、

「帰ってきたよ!」

と叫んだ。茶の間に坐っていた父は、裸足でおもてへ飛び出した。防火用水桶の前で、瘠せた妹の肩を抱き、声を上げて泣いた。私は父が、大人の男が声を立てて泣くのを初めて見た。(同)

私がうちに帰ってきた時、父が泣いたということは覚えていない。みんなが温かく出迎えてくれたことは覚えているが、父の涙はなぜか記憶にない。家に着いて安心しきったからだろうか。それとも自分の涙でみんなの顔が掻き消されたのだろうか。

エッセイを読み終えて、同じことを覚えていても、姉は感じ方がずいぶん深いのだなと、涙がとまらなかった。

やはり戦時中のことを書いたエッセイ「ごはん」を読んだ時も、胸が熱くなった。その当時、私たち一家は中目黒に住んでいた。うちの隣が外科病院で、表通りと家の間に広い間があった。空襲がひどくなってきたある日の出来事を、姉はこんなふうに書いている。

家の前の通りを、リヤカーを引き荷物を背負い、家族の手を引いた人たちが避難して行ったが、次々に上る火の手に、荷物を捨ててゆく人もあった。通り過ぎたあとに大八車が一台残っていた。その上におばあさんが一人、チョコンと坐って置き去りにされていた。父が近寄った時、その人は黙って涙を流していた。

（「ごはん」『父の詫び状』）

その時、私はまだ小学校に上る前だったが、今でも、そのお婆さんの姿がなんとも寂しそうで瞼の奥に焼きついて離れない。

何年か経って、まだ十代だった私が何かの拍子に、その話を姉にしたら、「あなた、覚えていたの」と驚いていた。

姉は、「そのおばあさん、こういう服、着ていた」と、自分が覚えていたことを話してくれた。父が、そのおばあさんの息子が帰ってきた時、「きみはなんてことするんだ」とものすごく怒ったと言う。

姉は「お父さんは、温かい人なんだよ」と言いたかったのだろう。

私はそれを聞いて、姉も同じことを大切に覚えていた、同じ感じ方をしていたのだと、とても嬉しかった。

私がよく覚えていたのは、それが印象的な出来事だったからだけではない。それを見て、「ああ、足手まといになるってことはこういうことか」と感じ入ったからだ。「私も足手まといになってはいけない」と、それで私は疎開をする決心をしたのだった。私が六歳の時のことだ。つくづく、子どもの感じ方というのは理屈ではないと思う。

姉のエッセイを読んでみると、たくさん発見がある。最初に銀座のタウン誌の「銀座百点」に書いていた時、姉が家族のことを「こういうふうに思っていたのか」と驚き、それがのちに『父の詫び状』という単行本にまとまり、一冊通して読んでみて、また新しい発見があった。

姉が亡くなって十八年が経つ。いま読めばまた違う発見があると思う。以前読んだ時は、ああ、姉は、あの時こう感じていたのか、と淡々と思ったところが、姉が亡くなってこれだけ年月が経ち、自分も年を取ってくると、それとは違う箇所で感心するような気がする。だから今、また読み返したいと思う。

母のことを書いているエッセイも、初めて読んだ時は「母のことをこう思っていたのか。母にはこんな一面があったのか」と私が知らない面を気づかせてもらったが、それから時間が経って、八十歳の母、九十歳の母を見ていると、「ああ、母にはそういう部分がある。さすがに姉はわかっていたのか」と思えてくる。


私から見ると、姉は病気をしてから作風が変わったように思う。「阿修羅のごとく」などのドラマはそれまでの作品とは違ってきている。テレビ・ドラマについては晩年、「今までとは違う人たちに焦点を当てて書きたい」と言っていた。姉自身、何か新しいことを考えていたのかもしれない。悔いのない作品というのを考えていたと思う。

小説やエッセイはどうなっただろう。

エッセイでは、じつは姉は自分を案外語っていない。ところどころに姉の本性は出てくるが、綿々と綴ることはなかった。

でも将来は、もっと自分が体験した病気のこと、年老いていくことなどを書いていくのではないか、いつか書かざるをえないのではないか、と思っていた。年を取るということは、否応なく、自分と対面していくこと。だから、それをどう受け止めて、乗り越えていくか、私は楽しみにしていたのだが。

シナリオ

姉がシナリオを書いているのは知っていたものの、最初の頃は、どんなものを書いているか私たち家族は知らなかった。姉はうちでは仕事のことを言わなかったからだ。昭和三十七年から始まったラジオ・ドラマの「重役読本」は最初、朝八時四十五分から五分間の放送だったので、勤めに出ている私たちには聞ける時間帯ではなかった。

「重役読本」は父のことを誇張して書いてあるようなところがあったので、姉としても聞かれてほしくない気持ちがどこかにあったのかもしれない。自分からは話さなかった。

私は会社の友達に、「ラジオのドラマで向田邦子さんという人が書いているけれど、向田さんのお姉さん？　あなたのうちのこと？」とたずねられたことがあって、「あっそうなのか」と思った。ラジオで姉の脚本をやっているのは、知っていたけれど、まだ家には録音の機械がなかったし、姉に「録音テープを取ってきてほしい」と頼んでも、「そんなのいいわよ」と返ってくるだけだった。

ただ、父はたまに車の中で聞くことがあったらしく、うちに帰ってきて「あいつは、あんなことを書いている」と母に話していることはあった。父自身は、「一般的な男はそんなものだ」と思って聞いていたと思う。時折自分に似ていると思っても、自分がモデルになっているとはまったく思っていなかったようだ。私はたしか台本を一、二回ほど読まされたことがあったと思う。

よく覚えているのは、ラジオより前の昭和三十三年、「映画ストーリー」と二足のわらじ時代に書いた、姉の最初のテレビ・ドラマ作品である「ダイヤル一一〇番」だ。夜八時頃の番組で、姉に前もって「家に早く帰って、見てほしい」と言われていたのだった。

その日、父と私は、一目散に会社から帰り、母と三人で、テレビの前に陣取って見た。番組を見終えて、「ああ、こんなこと書いているんだ」と私は思ったが、誰も感想は言わなかった。父も母も照れくさかったのだろう。姉としては、自分の作品がいよいよテレビで放送されるという嬉しさと同時に、なぜ自分がいつも遅くまで仕事をしているのかを証明したかったのだろう。

家族が欠かさずそろって見るようになったのは、昭和四十三年の「色はにおえど」ぐらいからだった。当時のドラマは、何人かがチームになって脚本を書いていた。だから、姉の時もあれば他の人が書いた回もあった。「次回は私が書いたから見て」と事前に姉が母に電話で報告しておくと、父が「じゃあ、今晩は早く帰ってこよう」と会社からまっすぐに帰ってきた。その日は眠くなっては困ると、お酒も飲まずにご飯をすませて、テレビの前で待っていた。父はそういうところは几帳面だった。

ところが、姉にはそそっかしいところがあるから、番組が始まってみると、脚本家の名前が違うことがたまにある。と、とたんに父は大いにむくれて、「アイツは、いつまでたってもおっちょこちょいなんだから」と怒るのだった。

姉の回の時は、父はテレビの前から一歩も動かなかった。コマーシャルに入っても途中で立つことはなかった。ホーム・ドラマだったから、時折ほろりとさせる場面があって、情にもろい父は、見ながら泣いている時があった。父は母と私にわからせまいと、くしゃみをしてみたりして、それで涙が出たような素振りをしていたが、母と私にはお見通しだった。

そうやって姉のドラマを見た後は、父は何も言わずにさっと寝てしまうのが常だった。父としてみれば、「邦子はこれで、なんとかやっていけそうだ」と思っていたのではないかと思う。自分が経験してきたサラリーマン生活とは違い、浮き沈みのある世界だとはわかっていたが、娘が自分なりに判断して選んだ道だと納得しようとしていた。仕事のことで、姉に直接褒めることもなければけなすこともなかったが、母には、「あれはよかった」と話すこともあったようだ。

私は姉から電話で、「どうだった？」と感想を求められると、「お父さん、このへんで泣いていたよ」などと報告していた。

父が亡くなった後は、遠慮がいらなくなったからか頻繁に電話をかけてきて、「お母さん、どうだった？」と聞いていた。

「面白かった」と返事をしても、私たちの声のトーンで本当に面白かったのか、お世辞にそう言ったのかは、姉は敏感に感じ取っていたようだ。難しいことを言わない私たちの感想は、一般視聴者の代表だったのかもしれない。

姉の書いたドラマを姉と一緒に見たことはほとんどない。後になって、私が見逃してしまった「冬の運動会」（昭和五十二年）を、姉の家で一緒にビデオで見たことはある。見ながら姉は、「この場面、いいでしょう」とか、「ここの演出、うまいんだよね」とか途中で口を挟んでいた。そんな時の姉は嬉しそうだった。

姉が活躍した昭和三十年代から五十年代にかけては、テレビ文化が若かった時代だ。ひとつのドラマの放映期間も長かったし、今よりもずっとのどかな時代だったと思う。そんな中で、自分の書いた台本がどう立ち上がっていくか、姉は本当に楽しんでいた。

仕事　放送ライター新人時代

駆け出しの放送ライター時代。

昭和35年６月、世田谷の三交倶楽部で。脚本家集団Ｚプロの人達と。右端。

ドラマの打合せに参加。右端が姉、左から２番目が高峰秀子さん。

脚本家時代のひとこま。写真はすべて姉30代前半。

平凡出版（現・マガジンハウス）の甘糟章さんが遊びに来た。左から甘糟さん、私、姉。この晩は父も交えて飲んで、姉のことを「頼りになるライター」と評してくれた。視覚的な文章の書き方や、短く書くコツなどを教えてくれた人で、姉にとっては大きな存在だった。

局内でシナリオを書くこともしばしばあった。写真上下ともに30代前半。

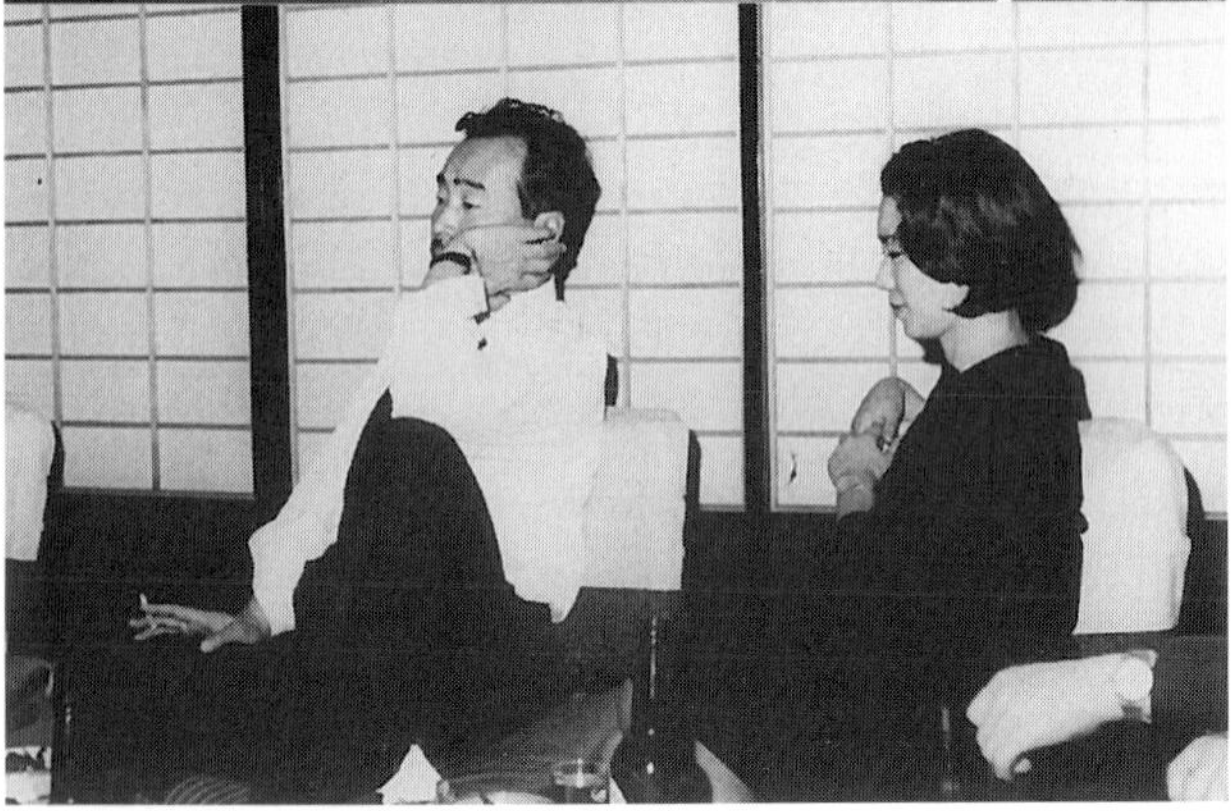

森繁久彌さんと。森繁さんについては、エッセイ「余白の魅力」(『眠る盃』)で、「——思えば、さしたる才も欲もないズブの素人の私が、どうやら今日あるのは、フンドシかつぎがいきなり横綱の胸を借りて、ぶつかりげいこをつけてもらったおかげ」と書いている。

青山のマンションに引っ越したばかりの頃。41歳。

編集者の友人が訪ねてきた。青山のマンションで。

飼猫の珈里珈（カリカ）にエサをやりながら遊ぶ。いつも猫がそばにいた。

遅いほうがいい

姉は台本を書くのが、遅くて遅くて有名だった。だから私はある時、「早くさっさと書いて、渡してしまったらいいのに」と言ったことがある。

その時姉は、「でもね、あんまり早くに渡してしまうと、みんなが考えて考えて作っちゃうでしょ。ぎりぎりに渡せば、考えて作っている間がないから、来たものをパッと演じる。それも私はいいと思うの」と言った。

「役者さんによっては、一字一句間違えないように覚えてくるけど、間違えたっていいのよ、勢いが感じられれば。それがテレビの面白さなんだから」とも言っていた。

待たされていた人たちにとっては、そんな言い訳は屁理屈以外、何でもないと思う。ただ、姉は役者さんが作りすぎるのが好きでなかったのは本当だった。短時間集中して役作りしたほうが、役そのものになれると思っていたようだ。

姉はじっくり考え、熟成させてから書いた。書き出すまでに時間はかかったが、書き出すとものすごく早かった。周りに誰かがいて大声で話していても関係なかった。どんな場所でも書けた。タクシーの中でも書いた。途中で消したり、書き直しをすることはなかった。

それはそれはすごい勢いだったから、傍で見ていて大変だと、「もっと早くにやり始めれば楽だと思うけど」と言っても、「それも戦略」と笑っていた。土壇場にくるまでやりたくなかったのだ。

また、自分の書いた脚本が、役者や演出家の力によって、違うものに変わっていくことを楽しんでいるところもあった。よりよいものになっていくのならば、自分とは異なる感性であっても、惚れ込んで嬉しがっていた。

いつの頃からか、姉はエッセイや小説を書き出し、活字の方向に向かっていた。でも、続けていけるならば、やはり年に一本でも二本でも、ずっとテレビ・ドラマには関わっていきたかったのだと思う。

作品の中の向田家

「寺内貫太郎の母」(『夜中の薔薇』)というエッセイで、「寺内貫太郎一家」の主人公寺内貫太郎は、ある部分、父をモデルにしたと書いているが、私はテレビ・ドラマを見ていて貫太郎に父を感じなかった。演じた小林亜星さんが、父に似ていないということもあるけれど、それだけではない。

家庭の中で父はよく怒ったが、殴ったことはないし、ちゃぶ台を引っ繰り返したわけでもない。ドラマ化のために誇張された部分を差し引いても、貫太郎は父とはずいぶん違うように思う——と、長年そう思ってきたが、このたび二十五年ぶりにテレビ・ドラマ化された「寺内貫太郎一家」を見ていて、違う印象を持った。

貫太郎に初めて父の面影を感じ、私は驚いた。父とは晩年まで一緒に暮らしてきたが、私の記憶に強くある父は、子ども時代に接した痩せていた父だった。たしかに晩年は肥ったし、若い時とは変り、性格も多少温和になっていた。

晩年の父で思い出すことがある。ある時、私にポツリと父が言った。

「お前の言うことはよくわかる。だけど年を取るってことは、本当にそうだね、とその時に言えないものだ。それがお父さんだ」

父からそんな言葉を聞いたことがなかったから、その時初めて、「ああ、父も年を取ったのだ」と痛感した。姉は晩年の父の姿もよく見ていて、貫太郎というキャラクターに、ある一面を投影したのだろう。改めて姉の観察力に感服する。


私が姉の作品を見て、最初から父に似ていると思ったのは、「あ・うん」の主人公、水田仙吉だ。実直で不器用なところが、父の姿とダブる。

「寺内貫太郎一家」では、きんばあさんに、母方の祖母を感じる。姉はエッセイ「寺内貫太郎の母」で、「私の中にある『おばあさんコンプレックス（複合体）』」と書き、きんばあさんのモデルとして、我が家に同居していた父の母、向田きんと、母方の祖母、岡野みよを挙げている。私は、母方の祖母の岡野みよの方が似ているように思う。

母方の祖母はとてもユニークな人で、ブラックユーモアがあり、面白い人だった。千葉、検見川の大農家の娘で、他の姉妹たちがお金持ちの家に嫁にゆき、姑に仕えて苦労しているのに、祖母だけは、普通の家に嫁ぎ、気楽に暮らしていた。

姉が学生の頃、三年間ほど、麻布にあるその祖母の家に居候していたことがある。父が転勤になって、私たち一家が仙台に住んでいた時だ。祖母も祖父も人柄がよくて、家が苦しくても他の人が頼ってくると、無条件で助けた。祖母は、器用でおしゃれな人だった。着道楽でもあり、いい着物をたくさん持っていた。その上祖母は、料理がとてもうまかった。

しかし、姉が「この人ほど『口の悪い女』に逢ったことがない」と同じエッセイに書いているとおり、言うことはいつも辛辣だった。それでいて憎まれない人だった。きんばあさんによく似ている。

姉の卒業式には、仙台にいる両親に代わって、一家を代表して祖母が出席し、紋付きをパリッと着て出た。どんなに狭い家に住んでいても、出るところに出れば、堂々としている。多感な時期、姉は同居していたのだから、当然祖母から影響を受けていただろう。

ドラマ作品や小説の登場人物の中で、モデルとして自分の家族を感じるのは、「寺内貫太郎一家」や「あ・うん」ぐらいだが、子細に見ればさまざまな場面に、私たち家族のくせやとりとめのない会話がちりばめられているように思う。

最近「阿修羅のごとく」が小説化されたが、読んでいると、何気ない場面に、私たち家族の様子が顔を出しているのに出合う。

家族でおすしを食べる場面があって、四人の娘たちの一人が母に向かって、「お母さんだって、穴子と卵はいつも人の分食べてる」と言うのだ。母がまったくその通りなので読んでいてとてもおかしかった。また、揚餅を「お母さんの踵《かかと》みたい」と比喩しているところがあり、私たち姉妹も、赤ぎれでひびが割れていた母の踵を見て、よくそう言っていたのを思い出す。

他の人はさらっと読みすごすところに、昔の我が家での会話がチラリチラリと出ている。そんな箇所に出合うたびに、懐かしい思い出に浸るのは、身内ならではの読み方なのだろう。

書くのがじれったい

姉が亡くなった時、書き残したメモの類は一切残っていなかった。誰とどこで食べたとか、旅行に行ったメモだとか、見事に何も残っていなかった。どの手帳にもメモがなかった。最後のページに「向田邦子、B型」と書いてあるだけだった。

姉はアドレス帳と原稿用紙何枚かだけをいつも持ち歩いていた。そのアドレス帳にも住所はなく、名前と電話番号だけだった。

姉にはメモを取るという習慣はなかった。必要なことは覚えていた。大切なことは忘れなかった。姉にとって、頭の中に残っているものがすべてだった。

晩年、旅行へ行くたびにエッセイに書いていたから、それでいいと思っていたのかもしれない。プライベートなこともたくさんあったと思うけれど、それは書き残してはいなかった。

書いたものを残したくないとか、誰かに見られたくないとか思う前に、メモを書き留めるなんてことは考えもしなかったのだと思う。むろん日記も書いたことがなかった。

そういう意味では、本当は姉は、書くことが好きではなかったのだと思う。

亡くなった時、日記やメモなどは何も残っていなかったのに、昔の領収書や何が一本いくらなどと書いてある紙は出てきた。おかしなものを大切にしていた。

姉は「書くのがじれったい」とよく言っていた。頭に浮かんだ筋を文字にしていく作業は、時間がかかるからだ。「こう展開しよう」という構想そのものは、早くに浮かんでいたのではないかと思う。何でもそうだが、姉はじっくり考えて事を起こすというタイプではなかったのだから。九十パーセント閃いていても、書き上げるには、あと十パーセントをもっと練った方がいい——そんなふうに考えていたような気がする。だからなかなか書き出せなかったのだろう。

ドラマを書くために、取材をすることもあった。職業的な気質やくせなどをとらえるために「寺内貫太郎一家」の時は、石屋さんに行って取材したり、「幸福」の時は、下町に出掛けて取材していた。取材は、面白がっていた。

姉は、日頃から人をとらえるのが鋭かった。

初めて会うような人でも、その人の性格や本質はすぐつかんだ。ある時私の友人と一緒に食事したことがあった。その時は何も言わなかったけれど、後で、「あの人、こういう人じゃない」とズバリと言い当てた。この時ばかりは姉のことを「怖い人」だと思った。

とにかく、的確だった。たった一、二時間で、長所も欠点も、ぴたりと当てた。そういった人を見抜く鋭さは、書き手には必要なことのように思う。

書くのは好きではなかったかもしれないが、書き手としての資質は備えていたのだろう。

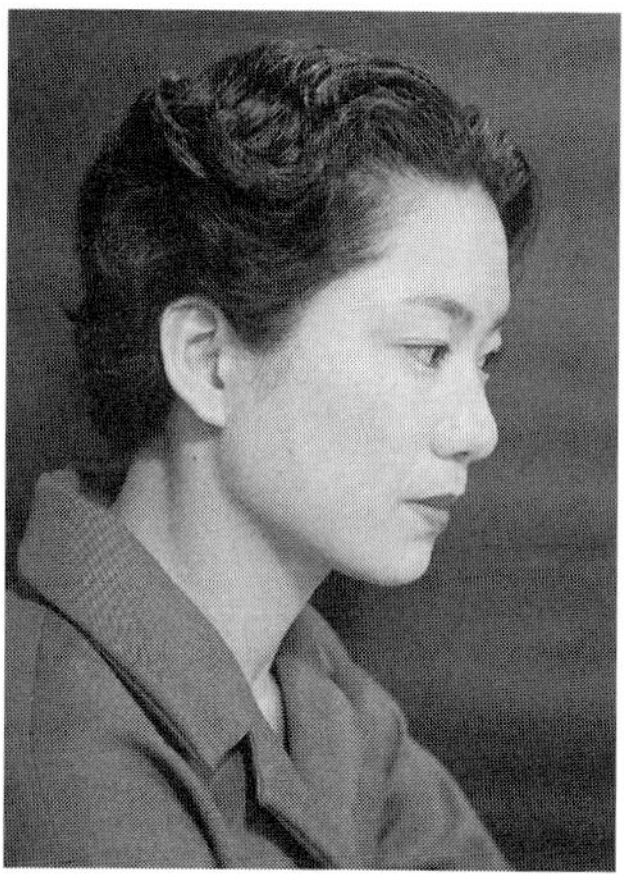

姉に教わったこと

みんながわかるとは限らない

子どもの頃うちでは、父や母の服をリフォームして服を作るのが当たり前だった。自分の気に入っている洋服を捨てずに、それをリフォームしてまた別の服や小物に仕立て直していた。当然のことだったから、それが生活が困っているからとか悲しいことだとかと思ったことはなかった。

小学生時代の夏休みの家庭科の宿題で、何か作ってくるという宿題があった。私は気に入っていた姉のお古のグレーのワンピースでバッグを作り、それを提出した。われながらよくできた自信作だった。

ところが、先生の評価は思ったよりもだいぶ低かった。

学校から帰ってきてがっかりしている私を見て姉は、

「あなたがリフォームで作ったのは、とってもいいことよ。でも、みんながそのことに気がつくとはかぎらない」

と諭したのだった。

私にとってはリフォームで作ることは当たり前だけれど、他の人にとっては、新しい生地で作ることが当たり前だったのだ。自分にとって当たり前のことが、人様には当たり前ではないということに驚いた。

「あなたが、とてもいいことだと思ってやったことでも、他の人にそう思われないことも多いわよ。そのことは、大人だからわかるとか、子どもだからわからないということでもないし、先生だからと言って、わかるということではない。わかる人はわかるし、わからない人はわからないのよ」

そして姉は続けて、「人のことを、もしあなたがわかってあげられたら、それはすごくいいことだ」と言った。私は「ああ、そうなのか」と心に深く感じ入った。

私は、先生にはわかってもらえなかったが、わかってくれる人はいるかもしれない。だから、別に先生に評価されなくてもいいと思った。子どもだから、先生だからわかるのではないか、と思いがちだが、そんなことはない。大人でもわからないことがあるということを悟った。

それからは、先生に認められなくてもいい、と思うようになった。

その先生とは、全然感性が合わなかった。絵を描いても、教室の壁に逆さに貼られていたのだから。自分でも絵が下手なことがわかっていたから、それをカバーするのにどうしたらいいか考えて、いろいろな色の紙をマッチ棒のように細かくして、立体的に絵を仕上げたこともあった。その時も、ずいぶんひどいことを言われたが、自分で「下手なりに努力したからいい」と言い聞かせた。先生を嫌っていたわけではなかったが、わかってもらえないんだな、と思った。

人は人、私は私。感性が違っても相手の良さを認めるということを私は覚えた。

久我山に住んでいた頃で、学校はとても近かった。畑の中をつっきって走ると、一、二分で学校へ行けた。ある時急に雨が降ってきて、クラスのみんなが傘がないから大変だろうと思い、私は走って家まで帰って、番傘を何本か持って学校へ戻ったことがあった。

その時先生に呼び止められたので褒められるのかと思ったら、「お前の家は近いから当たり前だ」と言われた。「えっ」と驚いたが、落ち込むことはなかった。わかってもらいたいからやったのではなくて、やりたいからやったのだと置き換えて考えられたからだ。

姉はあの時、「あなたはただ、自分らしいことをやればいい」と言ったのだ、と私は解釈している。小さかった私にとって、姉のひとことは画期的な言葉だった。

姉の、そういった何気ないひとことが私には大きく影響している。兄や次姉が、同じように姉の言葉を受け止めていたかどうかはわからない。聞き流してしまうようなことだったかもしれないが、私には違った。姉が語りかけてくれた言葉はどれも、重みがあった。

たくみだった

私が中学校一年生の夏、姉は友人たちとの海水浴に私を一緒に連れて行ってくれた。海水浴には、「映画ストーリー」の高木編集長のご家族とご一緒したこともあったし、数多く連れて行ってもらったのだが、なぜかその時、私はあまり体調がよくなかった。元気がなく機嫌が悪かった。ブスッとしていたのだと思う。

海に着いてしばらくしてから姉は、「和子ちゃん、ちょっとおいで」と、みんなの輪からはずれて私を散歩に誘った。海辺を二人で歩きながら、私は内心姉に怒られるのかな、と覚悟していたのだけれど、姉の言葉は違った。

「あなた、いつもの和子ちゃんと違うね。どこか具合が悪いの？」

たずね方がとても優しかった。

私は「ああ」と思った。そう言われると、機嫌悪くできない。普通なら、「何、ふくれていて」とみんなの前で叱るところを、姉は人前ではひとことも言わずに、そっとたずねたのだった。人前で叱るとその座が白け、ますます叱られた当人がふくれ面をするのがわかっていたのだろう。

今でもその時のことをよく覚えているのは、姉の接し方が、新鮮だったからだ。頭ごなしに叱るのではなく、そういう聞き方をされたら、私としては、わがまま言ってはいけない、と素直に反省せざるをえない。

私は、みんなが楽しくしている時は、子どもだとか大人だとかに関係なく、その場では楽しくしているってことがルールだと、感じ取った。そのあと私は、ごくごく普通でいようと、姉と一緒にみんなの輪に戻ったと思う。姉はそういう、相手の心の襞にそっと入るのが上手だった。

私が就職活動していた時も、私の態度で姉は首尾よくいったかそうでなかったかを判断した。ダメだと判断すれば、私には何も聞かずに、「次、探しましょう」と励ました。私が表情にすぐ出てしまう方なのでわかりやすかっただけなのかもしれないが、どんな時も、相手の気持ちを慮《おもんぱか》ってくれた。

いろいろなことを教えてくれた

姉が勉強している姿は、私が小学校一、二年生の時までしか見ていない。姉はいつもうちの仕事をしていた。

戦時中から戦後にかけ、姉は食糧がなければ率先してどこかから調達して、みんなのために何か持って帰ったり、着る服がなければ古着やあまり布で、新しい服を作ってくれた。

私たち一家が仙台に住み、姉と兄が東京に残って学校に通っていた時も、休みごとに仙台に来れば、家族じゅうの洋服の縫い物をしたり、漬物を漬けるのを手伝ったり、料理をしたりして、東京へ帰って行った。こんな具合である。

年の暮など夜行で帰って、すぐ台所に立ち、指先の感覚がなくなるほどイカの皮をむき、細かく刻んで樽いっぱいの塩辛をつくったこともあった。新円切り換えの苦しい家計の中から、東京の学校へやってもらっている、という負い目があり、その頃の私は本当によく働いた。

（「父の詫び状」『父の詫び状』）

子どもの頃の私の記憶にある姉は、いつも働いていた。だから姉のひとことは重かった。姉に言われたことをよく覚えているのは、そんな姉の後ろ姿を見ていたからだ。もし、姉が口ばかりの人であったなら、いくら子ども心でも感じなかったと思う。やることは人一倍やっていたから、子ども心にもかなわない、すごいな、と思っていた。姉を見ていて、本能的に自分とのどうしようもない差を感じていた。でもそこで私が劣等感を持ったかというと、それはない。違うということを認めただけだ。九歳違いというのは、年が近い兄や次姉とも違う。私にしてみれば、親とも違う、いい存在だった。姉は自分が言ったことを、妹の私が後々までこんなに覚えているとは、知らなかったと思う。

私が大人になってからも、姉はいろいろなことをさりげなく教えてくれた。「今貯金するよりも、何に使った方がいいか、よく考えた方がいい」と言われた時期もあったし、「無駄遣いしてもいいとは言ってない。私だって千円から積む。そうじゃないと、いざっていう時にお金がない」と諭されたこともある。

時々一流のレストランや料亭に連れて行ってもらって、分不相応だと私が感じているのを察して、「どんなものでも、最高級を知っておくことはいいことよ」とも言った。普段は特別お金を使うことをしないが、使う時には惜しみなく使った。どこでお金を使ったらいいいか、姉は知っていたのだと思う。

それでいて姉は、決してお説教はしなかった。「私はこう思うけど」と言うだけで、「後はあなたがどう受け止めようが、それはあなたの自由よ」という感じだった。


年を取ると、昔のよかったことと、嫌だったことが鮮明になってくる。嫌なことがあっても、大人なら普通は心の中に隠しているものだが、高齢になると、それを隠せなくなる。だから怖い。なるべくなら、私は楽しいこと、心に残るいい思い出をたくさん覚えていたいと思う。

姉が生きていれば、今年七十歳になる。そしてまた、姉が生きていれば、こんなふうによかったことばかりは思い出さなかったかもしれない。同じ昔のことを振り返ってみても、マイナスのことを付け加えるかもしれない。早くに亡くなったばかりに、マイナスの部分が少なくなってしまった。

私は姉から言われた言葉と、姉との思い出が財産だと思っている。旅行も何度も一緒に行ったわけではないし、他の人が思うほどには、頻繁に一緒に食事に出掛けたわけではない。でも、一回一回の味が濃かった。そしてその一回が、私には大きな影響力となった。

対等に扱ってくれた

私は姉に、勉強しなさいと言われたことが一度もない。高校生の時、試験前でも「親の手前もあるし、試験はまだ先ってことにしてね」なんて口裏を合わせて、スキーに連れ出してくれた。スキーから帰ってきたら今度は、「寝てもいいけれど、試験中なんだから、一応机の上のスタンドだけはつけて勉強するふりをしてよね」と私に言っていた。

その頃姉は、「映画ストーリー」での編集の仕事が面白く、いろいろなことを吸収していたのだろう。「学校の勉強なんて面白くないわよ。外の方がよっぽど面白いわよ。でも学校に行っている限りは、一応、勉強する素振りは見せてよね」と言ったり、「社会に出たらもっと違う勉強があるのよ」と言ったりしていた。

私自身、小さい頃から学校の勉強が嫌いで、家で猫や犬の世話をしたり、庭で草木をいじったり、家事の手伝いをしている方が向いていたが、姉に勉強ができないからダメだと言われたことはない。

私は授業中、先生に「わかった人は手をあげて」と言われても手をあげなかった。当てられれば答えられることでも、みんながわかっているなら、私があげる必要はないと思っていた。万事がその調子だったから、他の人からは、「あの子、ぼーっとしていて、何を考えているのかわからない」と思われていたのだと思う。でも、私はひがんだりしたことはまったくない。自分は自分だと思っていた。

姉は私をいつも対等に扱ってくれた。九つ違いでも、子ども扱いはまったくしなかった。映画を観にいって、「あれ、良かったね」と一緒に楽しんだ。感受性が強かった私は、映画を観ながらぽろぽろ泣いたものだった。姉はそこを見ていてくれたのだと思う。私のことを決してダメだと言わなかった姉には、とても感謝している。

私の友達が東京へ来ると、案内を買って出るのも姉だった。頼みもしないのに、当然自分が案内するものと思っていて、「そう。来るなら案内してあげるからね」とひとり決めていた。私と友達をはとバスに乗せて連れてまわり、食事をごちそうして、最後は、その友達の泊り先まで送り届けた。

きょうだいの中で自分が一番忙しいというのに、次姉に頼むということはせず、自分が面倒を見るのが当たり前だと思っていた。そこはやはり〝長女〟だった。

感じるだけでいい

「新宿御苑でパーティがあるから」、「おいしい店を見つけたから」、「こんな面白いスキーをあなたにもやらせてあげたいから」と、二十代の姉はまだ中学生だった私をよく連れて歩いた。どこに連れて行かれても、説明は一切なかった。「あなたが感じるままでいいのよ」と言うのが常だった。「いろいろな人がいて、いろいろなところがあるということを知っておくのはいいから」というだけで、連れ歩いてくれた。

最初に勤めた会社の社長の家にも、私を連れて行ってくれた。それを不思議に思う私に姉は、「どんな生活習慣があるか、知っておくことはいいことよ」と言った。十代前半だった私は、「そうか、感じるだけでいいんだな」と思った。

姉と出掛けると、よく、こういう遊びをした。

時間がちょっとあいた隙に、買う気がなくても「ここ、入ってみよう」と気になる店に入った。姉はほんの数分、パッと店内を見て、「あたし、これが気に入った。あなたどれ？」と聞く。私が「あれかな」と答えると「よし」と言って、その店を出た。

そこで選んだものについてあれこれ批評するようなことはない。一目でどれが気に入るかを試すだけだった。姉からは「そう。なかなか趣味がいいね」と感想だけが返ってきた。


姉は自分で言ったことについて説明はほとんどしないし、理屈を言うような人ではなかった。「私が言ったことの意味は何か、後は自分で考えなさい」というのが姉だった。いいものは見る。悪いものも見る。美味しいものを食べてみる。そういうことを経験しておくことはいいことだと。それ以上一切説明はなかった。

ただ、こういうことを言ったことはある。

「物を知っていることは、それだけ多角的に見ることができるってことはあるわね」と。

「あなたは感じたままでいい。でも、いいと感じた時、感じるだけだったらそれで終わってしまう。その時たとえば時代背景を知っていることによって、もっと面白いことが見えてくる。それが知識だ」と姉は言いたかったのだろうか。

最後に姉と出掛けたのが、草月会館であったシャンソン歌手のコラボケールのコンサートだった。券が一枚余っていて、私を誘ってくれたのだった。

コンサートはとてもよくて、知っている歌もあったけれど、知らない歌の方が多かった。歌詞はフランス語なのでわからないけれど、やっぱり本物のプロの歌手はすごい。本当にいいと泣けてくると思って、帰り道、「すごいね、知らない曲が多かったから、意味はわからないんだけど、泣けてくるように胸が痛くなった」と姉に言ったら、「それでいいのよ。だから私、あなたと一緒に行くのよ」と言ってくれた。その言葉を聞いて私は本当に嬉しかった。

姉には大勢の友人がいるし、専門的なことを語り合える人もたくさんいるだろうから、なぜ私をコンサートや芝居に誘うのかと不思議に思ったこともある。でも姉はいつも、「専門的な理屈はどうでもいい、感じてくれればいい」と言った。

姉が本を出した時も、「どうだった?」とたずねられて、「難しいことはわからないけど、よかった」と返事をすると、「うん、それでいいのよ」と。姉はいつも優しかった。

親以上にあなたを思うことはできないから

　私が短大を出て最初に勤めた仕事が、姉の紹介で受けた、ある著名な美容家のアシスタントだった。電話の応対、スケジュール調整などの秘書的な仕事から月刊誌の執筆の準備まで、慣れないことばかりだった。あまりに大変で、うちに帰っても愚痴をこぼすことが多かった。

　しばらくしてそれを見ていた姉は、

「そんなに嫌なら、辞めてもいいわよ。でも自分で本当に苦労して探していないから、そう言うのよ。あなた、自分で仕事を選んだのだったら、そこまで苦情を言わないかもしれないよ」

　と言った。何気なく言った言葉かもしれないが、私にはすごくこたえたひとことだった。

「なるほど、そうだな」と二十歳の私は素直に思った。そして、「ああ、今度は自分で就職先を決めよう」と心の中で決心していた。

私が結婚をしなかった時に、周りの人からいろいろなことを言われた。

その中で一番忘れられないのは、姉が言った、

「あなたは自分のことは自分でやると言っているけど、みんな心配しているよ。私も心配している。だけど、あたしがあなたのことをどんなに思っても、その気持ちは、親より越すことはできない」

という言葉。

たった一回しか言わなかったが、いまだに忘れられない。

その時、こうも付け加えた。

「年を取ると、誰も注意したり、怒ったりしない。それは寂しいことだけど現実なの。だから、怒ってくれる人がいるうちは、聞く耳を持った方がいいんじゃないの」

姉から言われて、「ああ、これは」と思った言葉はたくさんあるけれど、このふたつの言葉は一生、心の中に刻み込まれている。

姉が亡くなった時、言葉を失うほどつらかった。私は心から姉が好きだったし、姉の存在がとても大きかったから。でも、私がそう思うということは、きっと兄も次姉も、

そして何より母がつらいのだということだ。それはすなわち、姉が亡くなって私がどんなにつらく思っても、母の悲しみを越えるものではないということだ。

親ほど子どもへの愛が強いものはない。きょうだいとして濃い愛情を持っていても、親と比べると、何歩もさがった悲しみということだ。

姉が亡くなって、いろいろな出版のお話をいただく。残された者として承諾する基準となるのは、母がその本をどう思うか、という一点にある。

私は、「どんなに思っても、その気持ちは親より越すことはできない」という姉の言葉を受け止めて、母が姉を思う気持ちを考えて事にあたるべきだと思っている。

姉のあのひとことがなければ、私はそうできたかどうかわからない。

あのひとことも、姉としては、さりげなく言った言葉だったかもしれない。

これから、姉のどんな言葉を思い出すか、自分でもわからない。今でも、ふと、「あの時、邦子さん、あんなふうに言っていたな」と思い出すことがある。いまだに面白い発見がある。

自分の言葉で話すのよ

昭和五十年に私が長年勤めた会社を辞めて、五反田駅近くにコーヒーと軽食の店、「水屋」を出して間もない頃に、「婦人公論」の誌上座談会があった。姉がどういう経緯で頼まれたのかわからないが、「会社を辞めて独立した女性たち」の座談会に、なぜか私も出るということになった。「あなたも出たらいい。そういうのに出るということもいいことよ」と、私が嫌とは言えない言い方だった。

座談会の当日、姉は忙しい時だったが、「水屋」まで迎えに来て、中央公論社がある京橋まで連れていってくれた。タクシーの中で姉は、

「あなた、今日は何のために行くのかということだけは考えてね。どんなに言葉が短くても、言うことだけは言ってきてね。聞くばかりが能じゃないのよ。ひとつでもふたつでも、あなたが感じたことを、きちんと言うのよ。そうじゃなければ、行った意味がないんだから」

と座談会に出る心構えを話した。私は、「なるほど、そうか」と思いながらも内心、「なんで、姉は私にこういうことをさせるのかしら」と不可解だった。

その日、「婦人公論」に集まったのは、それぞれ花屋、子供服屋、骨董屋を営む女性たちだった。私などまだお店を出したばかりだったから、荷が重かったが、姉が引き受けてきた話なので、ここはなんとかこなさなければと思って参加した。姉が事前に心構えを話してくれたおかげで、言うべきことは言って帰ってきた。

その時着ていた服は今でも覚えている。

「写真が出るかもしれないわね。雑誌は春に出るから、その時に出てもおかしくないような服を着ていった方がいい」と姉に言われ、私は姉からもらった薄手のセーターを着ていった。長袖部分は黒だったが、前身頃は、何色かパステル調のきれいな色が混じっている春らしい色合いのセーターだった。姉はそんなところにも気を配る人だった。

一、二カ月後、座談会が雑誌に載り、それを読んだ姉は、「これでいいのよ」と私にひとこと言った。慣れないことをして不安だった私は、ようやくホッとした。それでもなぜ姉がそんなところへ私を出させようとしたのか、まだ疑問は残っていた。でも私は聞かずじまいだった。姉は私が小さい頃から「いろいろな人に会ったり、いろいろなところへ行くのはいいことよ」と言っていたから、そういうことのひとつだと思っていた。

その時は、のちに「ままや」のような店をやるとは考えていなかったし、姉が直木賞を受賞すると考えもしなかった。受賞した時ずいぶん多くの人が、「ままや」の私のところへインタビューに来た。姉は電話で事前に、「今度、週刊誌があなたのところへ行くから、お願いね」と言った。もう姉からのアドバイスはなかった。

私は、もともと人前に出るのは好きな方ではない。きょうだいの中で一番下だから、自分から話すという機会もなかった。ただ、土壇場になれば、どうにでもなれ、と度胸が据ってしまうところがある。

姉が飛行機事故という急な亡くなり方をしたこともあって、人前で話す機会がぐんと増えた。それから十八年が経った今でも姉のことをインタビューされることは多い。

たった一度、あの時、言われたこと——自分の言葉で感じたままのことを話すということ——が、後々までこんなに役に立つとは、思いもしなかった。私はあの姉の言葉を支えに、今も話をしている。

姉がどこかで見ていて、「いいわよ、それで」と言ってくれるかどうか、とても自信はない。でも飾りたてた言葉は使わずに、自分の気持ちに正直に話すよう心がけている。

まさか姉が先のことを見越して私に言った言葉ではないと思うが、本当のところは何を思って話したのだろうか。

作文

姉が長女だからか、私が末っ子でのんびりしているせいだからか、姉はやたらとひとの宿題をやりたがるところがあった。

鮮明に覚えているのは、東京に住んでいた学生の姉が、夏休みに仙台に帰ってきた時のこと。当時小学校三年生だった私に、「宿題あるんでしょう？」と、私がまだ手をつけていなかった作文の宿題があるのを知って、「じゃあ、やったげる」と、嬉々として書いてくれた。書き上がった作文を読んでみると、作文は私が感じたように九歳の子どもが使う言葉で書いてあって、「ああ、作文というのはこんなふうに書けばいいんだ」と心底感心したのを覚えている。

中学三年生の時の作文も忘れられない。

私はその頃、蓄膿症で二週間入院した。入院している間は、姉は毎日欠かさず見舞いに来てくれた。私が好きなシュークリームを買ってきてくれたり、吉祥寺の輸入雑貨店で見つけた珍しいドロップや切り絵などを持っては、出社前に寄ってくれた。「どう?」と顔を出し、面白い話をひとつ、ふたつして、私が喜ぶ顔を見て、「じゃあね」と帰っていく。その間ほんの十分ほどだが、私はとても嬉しかった。

退院してすぐ、学校で作文の宿題が出た。その時も私が書いていないのを見て、姉が代わって書いてくれた。その作文には、私が退院をしてうちに帰っていく時のことが書かれていた。その頃住んでいた久我山の社宅の道を挟んで向かい側に、竹と松の茂みがあった。夕方ともなると薄暗くなるので、うちの門を入ってすぐのところに、外灯を置いていた。作文には、退院して帰ってきた時の様子と自分の気持ちを、外灯の明るさと家庭の明るさという色にたとえて、見事に書き上げてあった。

私は、文章で、色や明るさを表現したことなどなかったから、衝撃的だった。姉は私が難しい言葉を知らないことはよく知っていたから、一切難しい漢字を使わずに、とてもやさしい話し言葉で書いてあった。それだけに私にはとてもこたえた。

提出した作文を、「とてもあなたの気持ちがよくわかります」と先生は、丸をいっぱいつけてくれた。それで「これはうますぎる。どんなに下手でも自分なりに文章を書かなければならない。これからはもう自分で書かなければダメだ」と心に決めた。

それからはもう、姉に文章を書いてもらってはいない。遅まきながらも、結局困るのは自分だと気づいたからだった。

しばらくして、教科書に載っていた志賀直哉のある作品の抜粋部分について、感想文を書く宿題が出た。うちで自分の机に向かって「どうしようかな」と考えていたら、姉が帰って来て、「どう、やってあげようか」と茶化した。でも私は懲りているから、「いい、自分でやる」とつっぱねた。「そう。じゃあ一回、その作品を声を出して読んでごらん。そうすると、また違ったように感じられるかもしれないわよ」

思ってもいない発想に、「えっ」と驚いて、その通りに声を出して読んでみた。言われてみると、たしかにどこか違って感じられた。この発想は、その後とても参考になった。困った時には角度を変えること、だ。これはどんなことにでも言えることだと思っている。


高校に入って、もちろん自分で作文を書くようになっていたが、ある時、「柿の木」という作文を書いて、とても褒められて、校内放送をされたことがある。自分の成長を柿の木にたとえて、秋は実が落ちて、葉っぱが落ちるけれども、春になるとまた芽が出る、ということを書いたものだった。その作文は、中学三年の退院の時に姉が書いてくれた作文を読んで、私なりにくみ取って書いたものだった。

作文で思い出すことと言えば、私が短大を卒業した時に受けた美容家のアシスタントの採用試験がある。美容家の先生に、ヘア・モードの写真を渡され、脇に書いてあるフランス語とドイツ語の解説を見て、日本語で文章をつけてくるというものだった。私はどちらの外国語もできないと事前に言ったのに、そんな課題が出た。

うちに持ち帰って考えあぐねたが、夜の十一時になっても、一行も書けなかった。そんな時姉が帰ってきて、またこう言った。

「何やっているの？　手伝おうか」

さすがに入社試験なので、こればかりは自分でやらなければと断った。ただ、どちらも言葉ができないから困っていると話すと、姉はひとつアドバイスをくれた。

「あなたがドイツ語もフランス語もできないって言ってあるんだから、先生はそのまま訳すことをお望みではないのよ。ひとつでもふたつでも辞書で単語を引いて、あとは、あなたがその写真を見て感じたことを書けばいいんじゃないの」

「なるほど」と私は納得して、書き上げて提出した。そして採用となった。私が書いた文は、先生が持っていた朝日新聞のファッション欄に、ほとんどそのまま載せてあった。先生は姉が代わりに書いたものだと思っていたようだ。

あなたも書くのはどう？

姉はどう思ったのか、私を編集者にさせたかったらしい。就職の時も、「大丈夫、私が探してあげる」と引き受けていた。

美容家のアシスタント時代、私は先生の代わりに、「今年の秋の流行」や、「お手入れの仕方」といった原稿を書かされた。慣れないことに四苦八苦している私を見た姉は、

「あなたね、書くことっていうのは、ヘアスタイルであろうと、服装であろうと何でも同じよ」

とハッパをかけた。姉としては叱咤激励のつもりだったのだろうが、私はやはり、自分は何も知らないんだということを痛感していた。だが姉は一度も、あなたはものを知らなすぎるだとか、もっと勉強しろとは、言わなかった。

私はその数カ月で、身にしみて感じていた。こんなふうにものを書いていくことは私には無理だ、と。結局、そこは七カ月働いて辞めたのだが、いろいろな意味でとても勉

強になった。

　自分の能力に合ったところで働こうと自分で次の仕事を探した。それが、新聞の求人欄で探した保険会社だった。

　それでも姉は、私への望みを捨てていなかった。次姉にも「和子に書かせようと思っている。和子は書けると思う」と話していたらしい。

　ラジオの台本を書いている頃にも、「やる気があるなら、教えるわよ」と言われたことがある。でも私は、はっきり「ノー」と即答した。傍で見ていて、とても姉と同じことを自分ができるとは思えなかった。姉は自分のやっていることを身体で覚えさせようと思っていたようだ。自分が引き受けた仕事を和子にもやらせてみて、後で自分が手直しをしながら覚えさせていこう、と。

　保険会社の社内報に、父が亡くなったことを書いたことがある。思いがけず社内で評判がよく、それが姉の目にも留まったらしい。しかし、姉がいくら私のことを買い被ってそう勧めてくれても、姉とはあまりに資質が違い過ぎる。努力だけではできないことがあると思う。

　姉はものを知っている。私とは雲泥の差だ。ある意味で、私はものを知っているから文章が書けるとは思っていない。でも、社内報に書くのと、仕事として書き続けるのとはあまりにも違う。ちょっと書けるぐらいで仕事にするなど、考えること自体がおかしい。

本の読み方も全然違っていた。私が一冊読む間に、姉は五冊読み終えている。それでいて内容を聞かれれば、姉の方はきちんと、「ここがこう良かった」と答えられた。子どもの頃から、その差はすごいということ、姉の才能と私のとでは違い過ぎることを痛感していた。

たしかに姉は姉なりに私の将来を考えてくれたのだと思う。

ずっと後になって、姉があるテレビ・ドラマの台本を持ってきて、「これはいいドラマになると思う。和子読んで」と渡された時がある。私は内心面倒だなと思ったが、姉が言うのだから何かあるのだろうと思い、そのまま受け取った。

おこがましいかもしれないが、私には、時の経つのも忘れて読める本はすばらしい、という自分なりの本に対する評価基準がある。

渡された台本を読んでみると、さりげない内容だったが、すぐにのめり込めてすっと読めた。姉には、「細かいことはよくわからないけれど、とても早く入り込めて、読めました」と伝えたと思う。

それがテレビ・ドラマになったのを見て、もっと驚いた。何気ない台詞の中に、登場人物の人柄や気持ちなどがにじみ出ていて、とてもいい作品になっていた。

姉は台本を書いた時に、全部イメージができあがっていたのだろう。

「台本がきちんとしていることのすごさがわかったような気がした」と姉に話したら、「わかってくれて、ありがとう」と喜んでくれた。私はとても嬉しかった。

そして、「あなたは評論家になる必要はない、普通の感受性で見てくれるのが一番いいのよ」とも言った。あのシーンが良かったと指摘すると、「あそこは、なかなかよ」と嬉しそうだった。

私は姉の期待に添えず、ものを書くようにはならなかった。今でも自分には適してないと思っている。でも、少なくとも、私は姉の文章がわかる自分でいたいと思っている。

いいやつ

姉が乳癌で入院して、私は身の回りの世話などいろいろ手伝いをした。その時姉にしみじみと、「あなたいいやつだと、ちっちゃい時から思っている」と言われ、これはまいったと心底思った。そう言われてしまうと、私はいつも「いいやつ」でいなければならない。姉の期待にこたえて「いいやつ」でいたいが、「いいやつ」でい続けるのは大変なことだから。

姉が亡くなった時に、姉の知人が、

「和子さん、お姉さんはあなたのこと、とても感謝していらっしゃいましたよ。私がこんなに自由に仕事ができたり、自由に何でもできるのは、あの人が私の分も背負ってくれるから、と。和子には感謝していると、何度も言っておられました。そのことだけはお伝えします。そんなことをお姉さんに言われるって幸せですね」

と言って言葉をつまらせた。

私は胸が熱くなって、今もその時のことを思うと涙がこぼれる。姉が言い残した言葉だと思うと、私は忘れられない。

凝縮された人生

姉が亡くなったのは五十一歳だが、その中身は七十歳ぐらいの人生だったのではないか。それぐらい人生が凝縮されていたように思う。

私が五十歳を迎えた時、自分と姉を比べてみて、「どうして姉はこんなこと考えていたんだろう」と愕然とした。姉の五十歳は、なんて大人だったのだろうと思うのだ。思えば、姉は若い時から大人だった。

ただ、姉が亡くなって、この十八年間で日本の女の人はすごく変わったと思う。あの頃の五十歳と今の五十歳はずいぶん違う。今は五十歳と言っても、まだ若い。

姉は乳癌を患って、それ以前とその後とでは顔が変わった。生きるということに対して、違ってきたように思う。すごくきれいになって、いい顔になった。

あと何年生きるかわからないが、いつ終わりが来てもおかしくないと覚悟を決めた時から、生き方が変わったのではないだろうか。

旅行

旅行好き。上高地へ行った時の思い出の数々。23歳頃。

仕事も、遊びも、一生懸命。青春まっただ中。

なんだろう？　好奇心旺盛。

猫だけでなく、犬や他の動物も好き。近寄っていって必ず話しかける。

ゆで玉子
各種

自然も、猫も、手元のカメラも、姉が心から愛したものたちだった。

浴衣姿になると、見慣れた姉とはまた違った大人の女性に見えた。

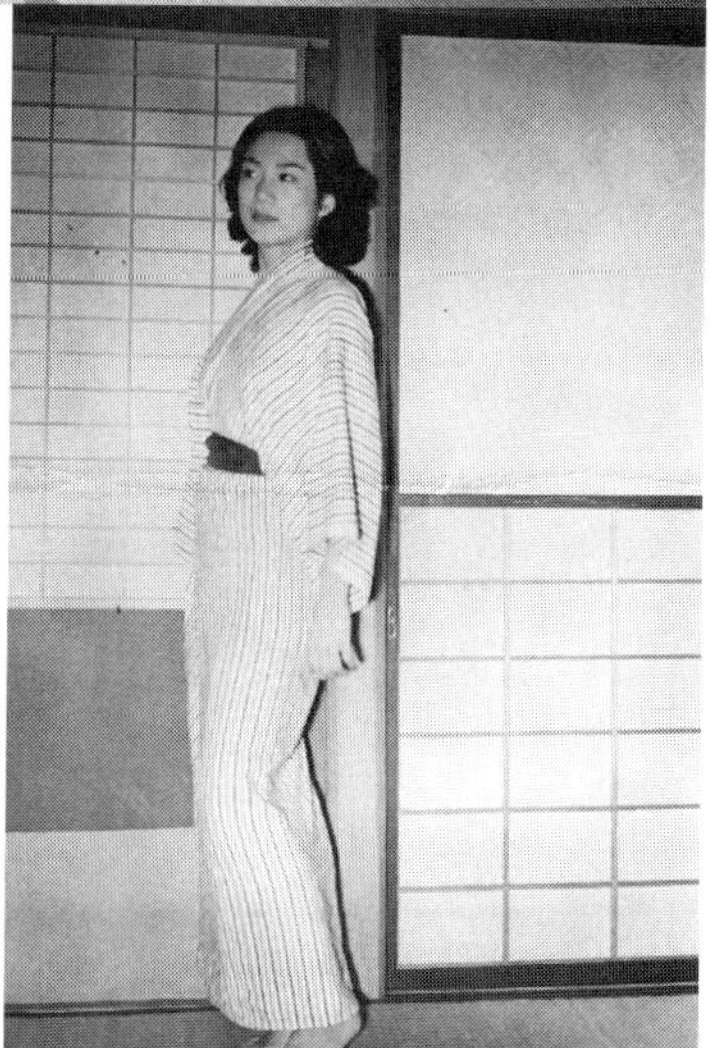

温泉

あとがき

数多くの姉の写真が埋もれていた。そのほとんどは青春時代のものだった。どの写真にも若き姉、向田邦子のきらめきが写っている。

この輝きには何があったのか。

ひとつひとつの写真に、向田邦子の秘められた青春があるのではないか。

私はじっくりと見ていくうちに、写真には写っていない、その奥にあるものが見えてきた。その当時わからなかったことが、わかりかけてきて、今さらながら姉の大きさ、温かさに胸を熱くしている。

本書を書くのに、写真を見ながら昔を思い返し、私も十代二十代に戻れたことは、とても楽しい作業だった。何十年も前のことを振り返りながら、あらためて姉の一面を発見した。私の中で、また違った「向田邦子像」ができたと思う。

私自身六十歳を迎え、新たな自分探し――第二の「手袋をさがす」時期に入った。本書はその出発点となったと思っている。

なお末筆ながら、本書を作るにあたって、ネスコ編集部の東條律子さんにはいろいろとお力添えをいただいた。心から感謝申し上げたい。

平成十一年三月

向田和子

文庫版のためのあとがき・『向田邦子の青春』と私

『向田邦子の青春』は、ずうっと私の心のすみにあったものを、よびおこしてくれた貴重な本なのです。

踏み込んではいけないとかたくなに思っていた、姉・邦子の人生の一端である、三十代の恋文。ひっそりと姉のマンションの片隅に秘められていたもの、それを私は姉の死後、手にしました。そして私もまた、戸棚の片隅にしまいこんでしまいました。

木槿の花の咲く頃、多磨墓地の墓前で燃やそう、どんな炎になるのか、何色の煙となって天空に上っていくのかと、おぼろげに思ったりしていたのです。

二十代の写真が沢山残されていました。

文藝春秋の上村美鈴さんにそれとなく打診しました。同社の写真資料室で預かってくれることになり、それがきっかけで、『向田邦子の青春』をおまけに作って頂けたのです。私にとって大変意義のあるおまけになりました。

『向田邦子の青春』が出来上がったころに、私は姉ときちんと対面してみようという素直な気持ちになれました。恋文をしっかりと受けとめることが出来る、と思えるようになっていたのです。

本当によかった、煙にならずに。今ほっとしています。文藝春秋の人たちに、心から感謝しています。

ありがとうございました。

平成十四年七月末日

向田和子

年譜

昭和四年（一九二九）
十一月二十八日、父・向田敏雄、母・せいの長女として東京市世田谷町若林八十六番地に生まれる。

昭和五年（一九三〇）一歳
四月、栃木県宇都宮市二条町二丁目十三番地へ転居。

昭和九年（一九三四）五歳
四月、宇都宮市西大寛町へ転居。

昭和十一年（一九三六）七歳
四月、宇都宮市西原尋常小学校入学（一年の一学期のみ）。
七月二十二日、東京市目黒区中目黒三丁目へ転居。
九月、東京市目黒区立油面尋常小学校に転校（一年の二学期から）。

昭和十二年（一九三七）八歳
三月、肺門淋巴腺炎を発病（完治まで約一年。夏休みには東京府西多摩郡小河内村などで療養）。
九月、東京市目黒区中目黒四丁目へ転居。

昭和十四年（一九三九）十歳
一月、鹿児島県鹿児島市平之町上之平五十番地へ転居。鹿児島市立山下尋常小学校に転校

（三年の三学期から）。

昭和十六年（一九四一）十二歳
四月、香川県高松市寿町一番地へ転居。高松市立四番丁国民学校に転校（六年一学期から）。

昭和十七年（一九四二）十三歳
三月、高松市立四番丁国民学校卒業。
四月、香川県立高松高等女学校入学（一年の一学期のみ）。一家は東京市目黒区中目黒四丁目へ転居（本人は高松市内で下宿生活）。
九月、本人も東京市目黒区中目黒四丁目へ。東京市立目黒高等女学校に編入学。

昭和十八年（一九四三）十四歳
九月、東京市目黒区下目黒四丁目へ転居。

昭和二十二年（一九四七）十八歳
三月、東京都立（旧・東京市立）目黒高等女学校卒業。
四月、実践女子専門学校国語科に入学。
六月二十四日、一家は仙台へ転居（宮城県仙台市国分町、半年後に琵琶首町へ）。本人は弟・保雄と二人で母方の祖父母宅に寄宿（東京都麻布区市兵衛町二丁目十一番地）。

昭和二十五年（一九五〇）二十一歳
三月、実践女子専門学校卒業。
四月、財政文化社に入社。社長秘書となるかたわら、東京セレクタリ・カレッヂ英語科夜間部に学ぶ。
五月、一家は東京都杉並区久我山三丁目七十番地へ転居（本人も同居）。

昭和二十七年（一九五二）二十三歳
五月二十一日、雄鶏社に入社、「映画ストーリー」編集部に配属。「映画ストーリー」は同年六月に創刊。二号目からスタッフに加わった。

昭和三十三年（一九五八）二十九歳
十月、初のテレビ台本「ダイヤル一一〇番」を共同執筆。第五十五話「火を貸した男」、第五十九話「声」（十一月）。

昭和三十四年（一九五九）三十歳
六月、「ダイヤル一一〇番」第九十三話「赤い爪」の脚本を執筆。単独第一作。

昭和三十五年（一九六〇）三十一歳
五月、女性のフリーライター事務所「ガリーナクラブ」に参加、「週刊平凡」、「週刊コウロン」等に執筆。
十二月二十四日、雄鶏社を退社。

昭和三十六年（一九六一）三十二歳
四月、「新婦人」四月号〜八月号に初めて向田邦子の名前で執筆。「映画と生活」等。

昭和三十七年（一九六二）三十三歳
二月、東京都杉並区本天沼三丁目三十五番地十八へ転居。
三月、「森繁の重役読本」（東京放送、文化放送他）開始（四十四年十二月まで——七年間で二千四百四十八回の台本を執筆）。

昭和三十九年（一九六四）三十五歳

「七人の孫」（TBS）脚本執筆（原作・源氏鶏太）、人気脚本家に。
十月十日、東京都港区霞町（現・西麻布三丁目十七番地三十六）のアパートで独立生活を始める。

昭和四十年（一九六五）三十六歳
六月、「七人の孫」（TBS）の脚本八回分を書く（翌年二月まで）。

昭和四十三年（一九六八）三十九歳
五月、「色はにおえど」（TBS）第二十二回。
八月、初の海外旅行（タイ）。

昭和四十四年（一九六九）四十歳
一月、「きんきらきん」（TBS）第三・七回（二月まで）。
二月二十一日、父・向田敏雄、心不全で急死（六十四歳）。

昭和四十五年（一九七〇）四十一歳
八月、「北条政子」（NET）（原作・永井路子、十月まで）。
十一月、「だいこんの花」（NET）第三・四・七・八・九回。
十二月、東京都港区南青山五丁目一番地十のマンションへ転居。

昭和四十六年（一九七一）四十二歳
八月、「時間ですよ」（TBS）（翌々年八月まで、十回分）。
十二月二十八日、世界一周旅行（四十七年一月二十三日帰国）。

昭和四十七年（一九七二）四十三歳
一月、「だいこんの花」パート2（NET・六月まで、十二回分）。
十一月、「だいこんの花」パート3（NET・翌年五月まで、二十六回分）。
十六日間のケニア旅行。

昭和四十九年（一九七四）四十五歳
一月、「寺内貫太郎一家」（TBS・三十九回連続）放映開始。
九月、「だいこんの花」パート4（NET・翌年三月まで、三十回分）。
十月、「時間ですよ・昭和元年」（TBS・翌年四月まで、十三回分）。

昭和五十年（一九七五）四十六歳
四月、小説「寺内貫太郎一家」刊行（サンケイ出版）。
「寺内貫太郎一家」パート2（TBS・翌年八月まで、三十回分）。
十月、乳癌手術（入院三週間）。

昭和五十一年（一九七六）四十七歳
二月、「銀座百点」に「父の詫び状」連載開始（五十三年六月まで）。
五月、「七色とんがらし」（NET・十月まで）。主題歌の作詞も。

昭和五十二年（一九七七）四十八歳
一月、「冬の運動会」（TBS・十回連続）放映開始。
六月、「だいこんの花」パート5（テレビ朝日・十一月まで、二十六回分）。

昭和五十三年（一九七八）四十九歳
五月十一日、「ままや」開店。
七月、「家族熱」（ＴＢＳ・十四回連続）放映開始。
十一月、初のエッセイ集『父の詫び状』刊行（文藝春秋）。

昭和五十四年（一九七九）五十歳
一月、「阿修羅のごとく」パート１（ＮＨＫ・三回連続）放映開始。
二月、鹿児島旅行。
五月、「週刊文春」（五月二十四日号）に「無名仮名人名簿」連載開始。
九月、ケニア旅行。
十月、エッセイ集『眠る盃』刊行（講談社）。

昭和五十五年（一九八〇）五十一歳
一月、「源氏物語」（ＴＢＳ）放映。

「阿修羅のごとく」パート２（ＮＨＫ・四回連続）放映開始。

二月、「小説新潮」（二月号）に連作短篇小説「思い出トランプ」連載開始。北アフリカ旅行（マグレブ三国）。

三月、「あ・うん」（ＮＨＫ）放映。

五月、「週刊文春」に「霊長類ヒト科動物図鑑」連載開始。

五月三十日、ＮＨＫ「阿修羅のごとく」、「あ・うん」、ＴＢＳ「源氏物語」などの創作活動に対してギャラクシー選奨受賞。

七月、「幸福」（ＴＢＳ・十三回連続）放映開始。

七月十七日、「思い出トランプ」の中の「花の名前」、「かわうそ」、「犬小屋」で第八十三回直木賞受賞。

八月、エッセイ集『無名仮名人名簿』刊行（文藝春秋）。

十二月、小説集『思い出トランプ』刊行（新潮社）。

十二月三十一日、ＮＨＫ「紅白歌合戦」審査員を務める。

昭和五十六年（一九八一）五十二歳
一月、「蛇蝎のごとく」（ＮＨＫ・三回連続）放映開始。

二月、「隣りの女」ニューヨーク・ロケハンに同行。

三月、「隣りの女」ニューヨーク・ロケハンに同行。

五月、「隣りの女」（ＴＢＳ）放映。ベルギー旅行。長篇小説『あ・うん』刊行（文藝春秋）。

六月、ブラジル・アマゾン旅行。

七月、「週刊文春」（六月四日号）に「女の人差し指」、「小説新潮」（七月号）に連作短篇小説「男どき女どき」連載開始。

八月二十二日、台湾旅行中に航空機事故で死去。

九月、エッセイ集『霊長類ヒト科動物図鑑』刊行（文藝春秋）。

九月二十一日、東京・青山斎場にて葬儀。戒名は「芳章院釈清邦大姉」。

十月、小説集『隣りの女』刊行（文藝春秋）。エッセイ集『夜中の薔薇』刊行（講談社）。

十二月、『阿修羅のごとく』（向田邦子ＴＶ作品集１）刊行（大和書房）。『父の詫び状』（文春文庫）。

昭和五十七年（一九八二）

二月、第三十三回放送文化賞受賞。

三月、『幸福』（向田邦子TV作品集2）刊行（大和書房）。

五月、『冬の運動会』（向田邦子TV作品集3）刊行（大和書房）。

六月、『蛇蝎のごとく』（向田邦子TV作品集5）刊行（大和書房）。

七月、『家族熱』（向田邦子TV作品集4）刊行（大和書房）。

八月、エッセイ集『女の人差し指』刊行（文藝春秋）。小説及びエッセイ集『男どき女どき』刊行（新潮社）。『向田邦子全対談集』刊行（世界文化社）。

十月、向田邦子賞（テレビ脚本のすぐれた成果に対して）が制定される。第1回受賞は市川森一（五十八年二月）。

昭和五十八年（一九八三）
一月、『寺内貫太郎一家』刊行（新潮社）。
四月、『あ・うん』（文春文庫）。
八月、『無名仮名人名簿』（文春文庫）。

昭和五十九年（一九八四）
一月、『隣りの女』（文春文庫）。
八月、『霊長類ヒト科動物図鑑』（文春文庫）。

昭和六十年（一九八五）
七月、『女の人差し指』（文春文庫）。
十二月、『向田邦子全対談』（文春文庫）。

昭和六十一年（一九八六）
九月、『だいこんの花』前篇（向田邦子TV作品集6）刊行（大和書房）。
十一月、『だいこんの花』後篇（向田邦子T

V作品集7）刊行（大和書房）。

昭和六十二年（一九八七）

一月、『源氏物語・隣りの女』（向田邦子TV作品集8）刊行（大和書房）。

四月、『父の詫び状』刊行（大活字本シリーズ・埼玉福祉会）。

六月、『あ・うん』（向田邦子TV作品集9）刊行（大和書房）。『向田邦子全集　第一巻』刊行（文藝春秋）。

八月、『向田邦子全集　第二巻』刊行（文藝春秋）。『向田邦子全集　第三巻』刊行（文藝春秋）。

十二月、『寺内貫太郎一家』前篇（向田邦子TV作品集10）刊行（大和書房）。

昭和六十三年（一九八八）

一月、『寺内貫太郎一家』後篇（向田邦子TV作品集11）刊行（大和書房）。

平成一年（一九八九）

四月、『無名仮名人名簿』刊行（大活字本シリーズ・埼玉福祉会）。

平成二年（一九九〇）

十月、『寺内貫太郎一家』刊行（大活字本シリーズ・埼玉福祉会）。

平成三年（一九九一）

二月、『だいこんの花』前篇・後篇（新潮文庫）。

三月、『向田邦子　映画の手帖』刊行（徳間書店）。

四月、『源氏物語　隣りの女』（新潮文庫）。

六月、『言葉が恐い　新潮カセット講演』（新潮社）。
七月、『あ・うん』（新潮文庫）。
『森繁の重役読本』刊行（ネスコ／文藝春秋）。
十二月、「向田邦子の世界」展（東京・渋谷西武他全国五カ所。平成五年五月まで）。

平成四年（一九九二）
十一月、『思い出トランプ』（講談社英語文庫）。
十二月、『あ・うん』刊行（大活字本シリーズ・埼玉福祉会）。

平成五年（一九九三）
一月、『森繁の重役読本』（文春文庫）。
七月、『眠り人形　東芝日曜劇場名作集（原作）』刊行（ラインブックス）。
九月、『愛という字　東芝日曜劇場名作集（原作）』刊行（ラインブックス）。
十月、『六つのひきだし』刊行（ネスコ／文藝春秋）。

平成六年（一九九四）
四月、『隣りの女』刊行（大活字本シリーズ・埼玉福祉会）。
『忍宿借夫婦巷談　せい子・宙太郎（原作）』刊行（上・下）（ラインブックス）。

平成八年（一九九六）
七月、『せい子・宙太郎（原作）』（上・下）（文春文庫）。
八月、『眠り人形（原作）』（文春文庫）。
九月、『愛という字（原作）』（文春文庫）。
十一月、『向田邦子　映画の手帖』（徳間文庫）。
十二月、『女の人差し指』刊行（大活字本シリーズ・埼玉福祉会）。

平成九年（一九九七）
四月、『六つのひきだし』（文春文庫）。
八月、『きんぎょの夢（原作）』（文春文庫）。
十月、『父の詫び状』（新潮ＣＤ）。
十二月、『鮒　嘘つき卵』（新潮ＣＤ）。

平成十年（一九九八）
一月、『冬の運動会（原作）』（文春文庫）。
三月、「ままや」閉店。
八月、『蛇蝎のごとく（原作）』（文春文庫）。
十二月、『眠る盃』刊行（大活字本シリーズ・埼玉福祉会）。

平成十一年（一九九九）
一月、『阿修羅のごとく（原作）』（文春文庫）。

単行本　一九九九年四月　文春ネスコ刊

文春文庫

向田《むこうだ》邦子《くにこ》の青春《せいしゅん》
写真《しゃしん》とエッセイで綴《つづ》る姉《あね》の素顔《すがお》

定価はカバーに
表示してあります

2002年8月10日　第1刷
2003年9月20日　第7刷

編著者　向田《むこうだ》和子《かずこ》
発行者　白川浩司
発行所　株式会社 文藝春秋
東京都千代田区紀尾井町 3-23　〒102-8008
TEL 03・3265・1211
文藝春秋ホームページ　http://www.bunshun.co.jp
文春ウェブ文庫　http://www.bunshunplaza.com

印刷・凸版印刷　製本・加藤製本

Printed in Japan
ISBN4-16-715606-7